descarada

El papel utilizado para la impresión de este libro ha sido fabricado a partir de madera procedente de bosques y plantaciones gestionadas con los más altos estándares ambientales, garantizando una explotación de los recursos sostenible con el medio ambiente y beneficiosa para las personas.

Descarada

Primera edición: marzo, 2025

D. R. © 2025, Vonne Lara

D. R. © 2025, derechos de edición mundiales en lengua castellana:
Penguin Random House Grupo Editorial, S. A. de C. V.
Blvd. Miguel de Cervantes Saavedra núm. 301, 1er piso,
colonia Granada, alcaldía Miguel Hidalgo, C. P. 11520,
Ciudad de México

penguinlibros.com

Diseño de interiores: Penguin Random House / Amalia Ángeles

Penguin Random House Grupo Editorial apoya la protección del *copyright*.
El *copyright* estimula la creatividad, defiende la diversidad en el ámbito de las ideas y el conocimiento, promueve la libre expresión y favorece una cultura viva. Gracias por comprar una edición autorizada de este libro y por respetar las leyes del Derecho de Autor y *copyright*. Al hacerlo está respaldando a los autores y permitiendo que PRHGE continúe publicando libros para todos los lectores.

Queda prohibido bajo las sanciones establecidas por las leyes escanear, reproducir total o parcialmente esta obra por cualquier medio o procedimiento, incluyendo utilizarla para efectos de entrenar inteligencia artificial generativa o de otro tipo, así como la distribución de ejemplares mediante alquiler o préstamo público sin previa autorización. Si necesita fotocopiar o escanear algún fragmento de esta obra diríjase a CeMPro (Centro Mexicano de Protección y Fomento de los Derechos de Autor, https://cempro.org.mx).

ISBN: 978-607-385-577-8

Impreso en México – *Printed in Mexico*

descarada

Vonne Lara

Grijalbo

Para Aromo, para lo que sí somos.

«El deseo no tiene forma,
no tiene cuerpo.
Es la forma del cuerpo
que lo hace cuerpo.»
COLETTE

I.

Hay decisiones que se toman en el más diminuto de los momentos.

Del cesto de ropa recién lavada, con un movimiento automático, tomo una prenda, la sujeto con un ganchito de madera en el tendedero y, al mismo tiempo, la decisión se prende de mi ser con la resolución inapelable de aquella pinza. Sonrío y me apeno, como si alguien estuviera observando mi descaro; porque es descaro, de eso no hay duda.

Esta noche me iré a la cama con un hombre que no es mi marido. Siento un calor que sube hasta mi rostro y se humedece mi entrepierna. Me siento eufórica, con ganas de gritar y de reír sin parar. Qué ridícula. La fidelidad es una decisión que se toma a diario, hasta que no. Desde que me casé me alejé del peligro de ser infiel, esa práctica funambulista a la que era adicta; pero los adictos no nos recuperamos jamás. Me entretuve con mi matrimonio, con mis hijas, con mi hogar, pero yo sabía, como sabemos todos los infieles, que esa pulsión se mitiga pero jamás se erradica. Los infieles lo sabemos: nos engolosinamos con la atención, con la aventura, con la atracción creciente por el terreno ignoto que no hemos explorado, es decir, la del cuerpo desconocido.

El deseo es sed, y como toda sed, es silente y privada. Es el intruso que durante varios días se ha sentado a la mesa cuando llamo a comer, el mismo que me ha trepado desde los tobillos hasta la coronilla mientras veo sin ver la televisión con las niñas. El que me sofoca cuando apago la luz y duermo junto a un cuerpo conocido, un cuerpo conocido que amo —los adictos sabemos amar, pero somos débiles ante nuestra adicción—. Nadie puede detener esta caminata, nadie puede hacerlo, ya lo he decidido. La infidelidad también es una decisión.

Antes de salir me despido de las gemelas que están planeando subir a la terraza. Una de ellas se adelanta, sube dos escalones y espera a su hermana. Le digo adiós y me sonríe; logro ver los incisivos que está estrenando y el hoyuelo en su mejilla izquierda que siempre me ha encantado. La otra nena pasa corriendo a mi lado y me dice adiós con despreocupación. Siento la presencia del intruso, ese deseo que solo ha ido creciendo en lo que va del día, y un halo de culpa me recorre el pecho. Las miro subir por las escaleras, con su rumor de niñas, con su conversación de hermanas inaccesible para cualquiera que no sea parte de ese ser completo que forman los gemelos. Me despido de Erik; está viendo televisión en la sala. Me mira a través de sus lentes y agradezco que el brillo de la tele impida ver sus ojos. Levanta su mano derecha para despedirse, pero solo ondea dos dedos y masculla un adiós, pues tiene la mano y la boca llenas de palomitas. Siento ternura, cierro la puerta con rapidez. Me asusto cuando la ternura se torna siniestra, oscura, y mientras subo al coche ya se ha convertido en culpa. Aun así, avanzo un pie y luego el otro por esta delgada cuerda que atravesaré.

Unas cuantas palabras alcanzan para desestabilizar un mundo entero.

Lo conocí en la universidad. Las niñas habían cumplido cinco años y yo tuve la urgencia intelectualoide de hacer una maestría. Encontré una opción virtual y me inscribí sin contratiempos. Desde el primer semestre nos tocó trabajar juntos en algunas asignaturas, por eso nos agregamos a nuestros chats personales. Suena estúpido pero me hace reír. No solo es listo y culto, sino que descubrí bajo su socarronería a un ser dulce y sensible. Su ironía es aguda, principalmente hacia sí mismo —no hay nada más atractivo que alguien que no se toma en serio—. Me hace reír, así de tonto como suena.

Cuando comenzamos a hablar de nuestras dinámicas familiares, me contó que estaba por tener una niña con su esposa, su novia desde la preparatoria. En sus redes no tenía ninguna foto con ella; en realidad no tenía muchas publicaciones personales, excepto, claro, sus opiniones y burlas contra todo; pero de su vida real, muy poco. Busqué con curiosidad creciente información sobre sus hermanos y su madre, hasta que encontré las redes de su esposa y me atreví a husmear en ellas. Cuando cerré la ventana me sentí una intrusa sorprendida de sus propios actos, aunque no arrepentida.

Durante el primer periodo vacacional de la maestría, seguimos escribiéndonos a pesar de que no teníamos trabajos pendientes. Le conté que estaba en la playa y me pidió una foto. Aunque ya sabía a qué se refería, le envié la foto de una ola rompiéndose en una roca —Vaya timo, pedí la foto de una chica y me mandaron la foto de una piedra—. Su trato en tercera persona y mi figurada inocencia me hacían reír como tonta. Además, no me atreví a tomarme una foto, estaba segura de que hasta Erik se sorprendería. Tomarse *selfies* es algo común para muchas personas, pero no para mí. Qué guapa te ves, respondió J., y aquellas palabras resonaron en una habitación llena de soledad que no sabía que existía.

¿Te gusto?, le pregunté a Erik cuando por fin apagamos las luces de la habitación. Las gemelas dormían en la recámara contigua. Se escuchaba el mar, entraba una luz tenue por el ventanal. Se oían algunas risas a lo lejos y ese barullo sordo que siempre se escucha en los hoteles. Muchísimo, dijo y comenzó a acariciarme bajo las sábanas frescas y suaves. Repegó su cuerpo contra el mío, besó mi cuello. Olía a jabón, a crema, a brisa marina. Tuvimos sexo de forma dulce y queda, con esa sensación de la piel requemada y limpia tras un día en la playa. Me sentí guapa y deseada por partida doble.

Siempre quise ser especial, única, revolucionaria, pero amo demasiado los anuncios de tiendas departamentales.

Después de tener a las gemelas, el mundo se hizo más inmenso. Sus primeros meses los recuerdo como un relato ajeno. Lo que no olvido es la urgencia con la que hacía todo, incluso lo más sencillo, como ir al baño. Dormitaba todo el tiempo, no dormí tranquila durante muchos meses, quizá hasta que cumplieron dos años. Su salud fue frágil y eso descascaró la mía. Comencé, como nunca antes, a tener dolores en todas partes; primero, en los senos que no paraban de alimentar; luego, en la espalda, en las piernas, en la cabeza, en el estómago. Mi cuerpo se volvió un ente pegado a mí —o yo a él, quizá— y comencé a desconocerlo; le hallaba hendiduras y bultos por todos lados, manchas rojas, escamas, líquidos, hoyos supurantes. Mi mente volaba a un lugar apartado de aquel caos en el que vivía. El tiempo se materializaba a través de cambios en mis hijas: peso, talla, dientes, síntomas, medicamentos y llantos. Yo permanecía petrificada por dentro, haciendo faenas interminables todos los días, hasta que un día me descubrí agitada en medio de la habitación; quizá, por fin, algo cayó en su lugar dentro de mí, y pude verme. Descubrí, entre otras cosas, que tenía la piel envejecida, el cabello largo y maltratado. Al día siguiente me hice un corte de pelo, reacomodé toda la habitación, tiré todas las lociones y maquillajes caducos, fui a la librería. Cuando Erik volvió del trabajo se encontró con la sorpresa de que llevaba el pelo cortísimo, como cuando nos conocimos, que había aseado a profundidad la casa y que estaba tomando una copa de vino mientras leía. La distancia que había puesto la maternidad entre ambos se encogió un poco, el sexo volvió a nuestras noches. Se redescubre el sexo y el cuerpo después de ser madre. El sexo me supo a otra cosa, más lento y más tierno, menos dañino tal vez.

Una vez madre, nunca se vuelve a no serlo. Fue hasta que las gemelas durmieron en su habitación, y casi toda la noche de corrido —solo debía levantarme a las cinco de la mañana para darles un biberón y que durmieran un par de horas más—, que Erik y yo, poco a poco, recuperamos algunas de nuestras rutinas. Pero, sin duda, las gemelas se volvieron nuestro eje. Él volvió a hacer los desayunos, ahora para cuatro personas. Yo volví a las librerías y a leer con avidez. Por las noches, les leía a las gemelas todo lo que podía. La imagen manida de los papás que leen cuentos a sus hijos para dormir se me antoja el cliché más hermoso de todos.

Dicen que
ninguna mujer
es infiel porque
la vagina
es elástica;
por tanto,
es distinta
con cada hombre.

Observo que los ojos de J. no me miran mientras dice que podemos ir a un «lugar privado» o a un «cafecito» —el diminutivo suena forzado, como cuando nos arrepentimos de haber matizado una palabra que ya ha sido dicha—. Lo dice como si entre ambas opciones hubiera un paso de distancia y no un barranco peligroso. Estamos en su coche, nos citamos para hacer el trabajo final del semestre. Ambos entendemos que es una excusa y que su pregunta es un trámite. De todas formas nos seguimos el juego —todos sabemos cuando nos iremos a la cama con alguien—. Hace la propuesta juntando sus palmas; señala primero a la derecha y luego a la izquierda. Escojo la propuesta del lado derecho. Saboreo su nerviosismo, me sabe a poder, a ternura; me encanta que un hombre como J. se doblegue al tocar las puertas del consentimiento. Ver sus manos en movimiento y sus detalles me animaron a disipar no la duda, porque no la había, sino, al menos por un momento, la vida que tenía a mis espaldas: las imágenes de las niñas subiendo las escaleras y la de Erik despidiéndose con palomitas en la boca. Deseé que las manos de J. me tocaran; se notaban suaves, hábiles y, lo mejor, urgentes.

Subir a los cuartos de motel siempre me ha parecido un triunfo, una forma de salirme con la mía, quizá porque siempre ha sido así. Fue con

Mario, mi novio de la prepa, que subí por primera vez a uno de esos cuartos que siempre ostentan una sofisticación que no tienen. Le siguieron muchos más hasta Erik. Mentiría si dijera que los recuerdo a todos, muchos se han internado en el olvido y a otros es mejor no recordarlos. Lo que sí tengo presente es que cada vez sonreía, a veces sobria y otras no tanto, al sentir la libertad que se anticipaba al placer. La primera vez con Erik hasta festejé en silencio con un *Yes!* mientras hacía un puño disimulado frente a mi pecho. Con J. tuve que sacudirme los pensamientos, una vez más, antes de comenzar a subir, pero al primer escalón sentí el triunfo. La tormenta de pensamientos no regresó hasta después de un buen rato, más que nada por las sorpresas. La de J. alcanzándome en el segundo o tercer escalón y diciendo que le urgía besarme. La de encontrar sus labios calientes pero su lengua fresca. La de sentir sus manos suavísimas. La de recorrer el territorio de su cuerpo, de su sexo. La de mi propio cuerpo saboreando otros humores, otros sonidos, otras sombras pegajosas, otros jadeos. La de otra forma dentro de mí, otra temperatura y otros caminos al placer. El cuerpo se acostumbra a lo conocido, y yo tenía años sintiendo a Erik y a nadie más. Estar con J. me recordó esa etapa condensada y finita que solo existe al inicio de las relaciones. Durante mucho tiempo no me interesó más que ese lapso cortísimo en donde el placer y el asombro son una misma cosa. Cuando el gozo se achataba, buscaba enloquecida, en donde fuera, ese brillo de la urgencia reflejada en otros ojos, en otras manos.

Al abrir la puerta de mi casa todavía hay triunfo, pero la brutalidad de la cotidianidad me golpea la cara. Todo luce tan normal, con ese entrañable desorden que dan las rutinas. La luz de las escaleras está encendida, es un pequeño gesto que nos hacemos Erik y yo cuando sabemos que el otro llegará tarde. Subo. Ya no hay triunfo, sino temor, la culpa espera en el descansillo. La puerta del cuarto está entornada. Entro. Mis pisadas suenan mucho más fuerte de lo que quisiera. Me detengo, estoy agitada. Erik se remueve en la cama, interrumpo la respiración y esta se agolpa en mi pecho, palpitan mis sienes. Voy al baño con rapidez. Urge quitarme este aroma mentolado y barato de la habitación del motel. Estoy segura de que solo yo lo percibo, pero aun así me lavo la cara y las fosas de la nariz. Me cambio la ropa interior y la sepulto en el cesto a pesar de que soy la encargada de lavar todo. Quisiera bañarme, pero es algo que rara vez hago por las noches. No quiero alterar nada, mover nada, respirar de más. Lo más difícil es entrar a la cama, colocarme junto al cuerpo conocido de Erik. Me dice Buenas noches, su voz me paraliza. Sigue dormido. Su sueño pesado es el terreno ideal para esta noche de insomnio.

Es mentira
que mentir
sea pernicioso.
Una verdad
fuera de lugar
lo es más.

Todo comenzó una noche en la que estaba terminando el trabajo final del primer semestre. De madrugada me sorprendió una notificación. Era J. preguntando si estaba despierta. Me contó que lo habían corrido de casa y que estaba pasando la noche en la de su hermano. Le pregunté poco sobre las circunstancias, su bebé estaba por nacer en un par de semanas. ¿Puedo verte? Titubeé un momento pero acepté.

Nos vimos al día siguiente. Nunca nos habíamos visto en persona, las dinámicas no lo requerían, y aunque alguna vez lo sugerimos, no se concretó, quizá porque percibimos el peligro de hacerlo. Es mentira que no se sabe a dónde nos llevarán ciertas relaciones. Lo que más me gustó de J. fue su confianza para decir cualquier cosa que tuviera en mente, tal como lo hacía cuando nos escribíamos por Messenger. Él es siempre el mismo en todas las circunstancias, quizá me atrae su transparencia porque yo soy opaca, soy distinta con cada persona que conozco, soy otra para mí misma. A veces me pregunto si realmente soy alguien. Tan pronto me saludó, dijo que estaba haciendo tanto calor que le gustaría estar nadando en pelotas en la playa. Fue una tontería, pero me reí. Me resultó mucho más atractivo en persona que en fotos. Durante la velada me descubrí embelesada por su cabello largo de color indescifrable, entre cobrizo y gris; y por sus ojos grandes que, con el tiempo descubrí, variaban de color según la ropa que tuviera puesta. Llevaba barba de candado. En sus fotos de perfil siempre aparecía haciendo caras, no hay una en la que aparezca serio o simplemente sonriendo. Solo soy un macaco, me dijo cuando le hice notar los gestos de sus fotos. Es su frase para todo. Resulta curioso que tengamos círculos sociales conocidos pero no cercanos. El azar haciendo su magia. Descubrimos que tiempo atrás habíamos ido cada quien por su lado a muchos eventos, que frecuentamos las mismas librerías y más o menos los mismos cafés, pero algo que aún no sé cómo llamar nos impidió conocernos antes.

Llegó a la cita antes que yo. Después, en esas pláticas en las que se decodifican los flirteos, confesó que lo hizo a propósito para verme llegar. Me gustaste de inmediato, también lo dijo después. En esa primera cita, encuentro o como se llame, hablamos sobre la maestría, sobre los trabajos, sobre los compañeros. J. tenía críticas para todos y yo no paraba de reír. Muy al final contó sobre su situación, casi de pasada, como si no hubiera sido la excusa para vernos. Dijo que se sentía abrumado porque quería estar presente cuando naciera su hija. Una sombra de tristeza cruzó sus ojos, pero de inmediato volvió a ser el mismo de siempre, haciendo caras y bromas. Lo preferí entonces y lo prefiero así, no me gusta escuchar los dramas de nadie.

**Con el amor
que me tengo
solo me alcanza
para esta vida.**

A pesar de los huecos en la narración de J. sobre su situación familiar, no quise ponerla en duda. No me interesa en realidad; he pasado por alto sus contradicciones y lo extraño de su situación. Poco después de que nos conocimos en persona volvió con su esposa, nació su hija y todo continuó normal, como antes de la crisis. Sin embargo, su trato hacia mí fue más directo, más descarado, hasta que nos contamos el engaño ese del trabajo final de la maestría y terminamos subiendo las escaleras de un motel. Sabíamos que pasaría y me alegro; lo supe desde que lo vi esperándome de pie junto a su auto, esbozando una pequeña sonrisa boba.

J. y yo somos íntimos con el cuerpo, pero alejados en todo lo demás. Sé que el cuerpo puede convertirse en camino al alma, pero no puedo darme ese lujo. Al principio sí se me antojó una gran hecatombe, un desgarre en mi corazón, pero ya no creo en los cuentos de hadas ni en las historias de amor. Sé bien que las relaciones solo pueden ser pertinentes o perniciosas, que una se enamora no del otro, sino de lo que nos convertimos al lado de alguien. Yo amo ser la que soy con Erik, por eso lo amo. Me gusta la posibilidad de ser otra con J., pero así, al mismo tiempo, sin pérdidas. Ganar a seis manos.

Tenemos tratos silenciosos. No tenemos que dar razones, lo único que nos importa es vernos cada semana, rutina que se estableció de manera suave y decisiva. Luego de nuestra ida al motel me propuso vernos la siguiente semana en su estudio. Desde entonces, nos vemos en la que llamo «la hora de los amantes», a las diez de la mañana. Los encuentros a esas horas evitan las salidas furtivas, o en horarios complicados, y sospechas por nuevas rutinas. Otro trato silencioso es que no mencionamos a nuestras parejas; aparecen de pronto como personajes de fondo de nuestra vida. Esa vida que, fuera de su estudio, parece irreal, aunque lo irreal es lo que sucede dentro de nuestra burbuja. De lo que sí hablamos es de nuestras hijas, la paternidad de J. me conmueve, pero todas las paternidades me conmueven.

Ni dos hombres bastan para vencer a la soledad.

Veo a mi esposo dormir del otro lado de la cama y me parece que no puedo cruzar el espacio entre ambos. Me abruma esta pequeña distancia que siento ancha e infranqueable. Sé que si la cruzo encontraré calor, también sé que él hará un amable reacomodo donde cabrá mi cuerpo. Pero lo que no cabe es la culpa que me arranca el placer de dormir a estas horas de la noche, las más dulces para todos los que no se van a acostar con el remordimiento como pijama.

Así, a media luz, vuelvo a sentir el vacío en mi dedo anular. Tengo varios días en los que no hallo mi alianza de matrimonio. Estoy segura de que está en algún lugar de la casa; tal vez me la quité para hacer una faena doméstica, pero ya busqué en el fregador, en el lavabo, en mi mesita de noche, y no está. Me siento desnuda. Tengo diez años con ella y solo un puñado de días no ha estado conteniendo mi dedo. No me la quito jamás, ni cuando veo a J., un tanto por costumbre y otro tanto por no olvidar. ¿Cómo podría olvidar? No puedo y eso es quizá lo que me une al anillo, lo que siempre me ha unido. Esa imposibilidad de ser otra cosa. Paradójicamente, esto que soy es lo que me permite cada semana cruzar la ciudad y cruzar su puerta y su dormitorio.

¿Qué soy sin mi alianza? Poca cosa. En esa pequeña argolla plateada *estoy toda, soy toda*. Mi dedo pulgar acostumbra tocarla varias veces al día, como un tic, como una confirmación quizá. En estos días en los que la argolla ha estado ausente, el dedo pulgar sigue yendo a ese lugar y se paraliza ante la presencia de la carne desnuda, como si él mismo no fuera un dedo desnudo. Entonces recuerda y recuerdo que tengo varios días en los que no hallo mi alianza de matrimonio. A veces siento que es una advertencia, una premonición, y salto a buscarla y rebuscarla en donde ya sé que no está, porque me siento desnuda, porque me asusta esta desnudez.

Hay encrucijadas de un solo camino.

Cortar verduras siempre me relaja. Quitar la piel. Rebanar. En esta ocasión hago tiras delgadas, luego las agrupo y las corto en sentido contrario para obtener cuadritos pequeños. La palidez de las papas contrasta cuando coloco los cubos anaranjados de las zanahorias. Abro las vainas de los chícharos. Se desprenden de su nido, ceden ante mi tacto sin esfuerzo. Esferas y cubos se encuentran. Diferencia abismal. Me gusta esta comodidad que siento al cocinar, es el único talento que tengo y por el que no me he esforzado. No solo eso, no dudo de mis capacidades: me basta probar unas gotas en la palma de la mano de lo que estoy cocinando y se lo ofrezco a los demás sin titubeos.

En mis ilusiones más inútiles he imaginado que J. y yo cocinamos. Que estamos descalzos en una cocina inexistente. Que me abraza por detrás mientras quito la piel, rebano y contrasto las formas de la naturaleza. Que platicamos cuando frío cebolla y ajo, esa cuna perfumada de tantos guisos, mientras voy colocando el resto de los ingredientes. No sé muy bien qué le guste comer a J. En esas ensoñaciones no me atrevo a imaginar algo tan serio y privado. No hay vida sin alimento. No hay amor sin comida de por medio. A mi esposo no le gusta ponerle limón a su comida, en cambio abusa del aceite de oliva y de la albahaca. De las gemelas apenas estoy descubriendo sus verdaderos gustos, por lo pronto transitan entre las preferencias y las intransigencias. No hay amor sin comida de por medio.

Veo a J. desnudo, exhausto, laxo. Veo mis piernas cerca de las suyas pero lejanas de cualquier escena cotidiana, condenadas a este hermoso y delicioso abalorio. ¿Qué hará cuando regreso a mi casa, cuando vuelve a ser el que debe ser? ¿Tenderá la cama, sacudirá las almohadas, lavará los vasos? ¿Qué hará cuando regresa a su casa y besa en los labios a su esposa? ¿Sentirá culpa, como yo, cuando se mete a la cama? ¿Cómo será regresar al cuerpo de ella luego de estar conmigo? ¿Se le mezclarán los placeres como me pasa a mí o le gustará más mi cuerpo? ¿Le gusta más mi cuerpo y menos mi persona? Mis preguntas no tienen respuesta, porque no se pueden pronunciar.

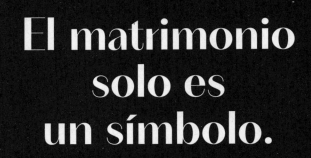

Encontré mi alianza de matrimonio justo a tiempo. Es decir, justo antes del viernes, los días que veo a J. Cuando la encontré por fin pude recordar en dónde la había dejado. La veo destellar con un fulgor opaco de diez años de matrimonio mientras conduzco a la casa de J. Está ahí cuando giro a la izquierda y cuando enderezo el volante. También cuando viro a la derecha, cuando sigo recto. Cuando detengo el auto y avanzo temerosa pero imparable hacia mi destino. Está ahí cuando J. me abre la puerta, cuando me lisonjea de forma vulgar y cuando me abraza con un gesto cariñoso, irreal. Está ahí cuando recibo un vaso de agua que no beberé. Está ahí cuando lanzo mi cuerpo entero hacia el despeñadero del cuerpo de J. Está ahí cuando caemos en picada y se entrelaza entre los dedos de J. que hurgan mi cuerpo, repasan, repiten. Está ahí cuando paso mi brazo sobre los hombros de J. y apoyo mi mano izquierda en su hombro y nos besamos. Está ahí cuando estamos en esa misma posición pero acostados. La veo brillar, opaca, acompasada. Se aferra al hombro, también izquierdo, de ese cuerpo que hurga, repasa y repite. Veo la alianza mientras mi mano acaricia el pequeño territorio entre el hombro y la nuca de J. que se irgue sobre mí pero descansa su cabeza en mi hombro derecho, como una reverencia que sube y baja. La alianza persiste:

hombro, nuca, cabeza. Esa caricia que durante mucho tiempo, cuando la recordaba fuera de esta burbuja, engendraba un rayo en mi vientre. Un rayo oculto, mortal pero bondadoso, que me hacía sonreír a escondidas mientras cocinaba o tendía la cama. Ahora es una imagen a la que me aferro por razones que no comprendo. Frenética, la alianza se aferra a ese otro cuerpo que, frenético, se encuentra fuera de sí. Acompaña espasmos que terminan en un reposo casi vergonzoso.

La alianza sigue ahí, en su lugar, aferrando el volante de un auto que regresa como un animal domesticado a su casa.

II.

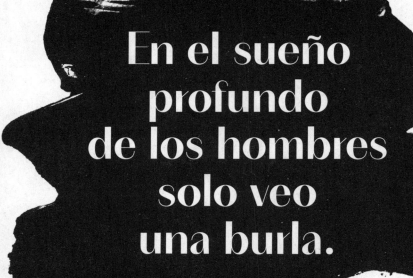

Hay palabras que pueden quemarnos. Algunas comienzan un incendio leve que se convierte en hoguera. Otras veces son un rayo estremecedor que, además de su poderoso impacto, incendian salvajemente. Estas palabras que leo son de las últimas. Alcanzan mi pecho. Ni siquiera puedo llorar, la humedad no es posible con tantísimo fuego a mi alrededor o dentro de mí. Vuelvo a leer, siento mis ojos muy abiertos, desconcertados al confirmar que sí dice lo que no quiero que diga. No lo puedo creer pero la evidencia está ahí, descarada, certera. Erik le escribió a un contacto llamado Ana que no puede esperar para volver a verla. No hay más mensajes, solo un precavido vacío antes de ese enunciado. Un vacío que me quema más que si hubiera una historia completa que explique ese «volver». Por respuesta, hay un emoji guiñando un ojo, símbolo absoluto que me enloquece. Siento que me incendio por completo, miro a Erik dormido a mi lado. El corazón aúlla, carbonizado. El estómago es una roca que me pesa y me falta el aire. Vuelvo al teléfono. «Ana», vuelvo a leer. Su avatar es una fotografía de ella, supongo. Toco la miniatura y la foto se abre, grande y clara. No la conozco. Es trigueña, mira hacia un lado, despreocupada, hermosa. La imagen tiembla al ritmo de mi ira y de mi respiración agitada. «Última vez ayer a las 22:15», leo en su perfil.

De pronto aparece otra leyenda que me hace saltar: «En línea». Siento un impulso incontrolable, pero cuando abro el teclado dudo. Vuelve a aparecer: «Última vez hoy a las 00:03», la hora actual. Esa pequeña aparición, ese «En línea», es una muestra de que *es*, de que *existe*, de que está despierta mirando su teléfono; tal vez buscando otro mensaje de mi esposo. Vuelvo a abrir su foto. Hurgo en su rostro buscando respuestas, esforzándome por imaginarla en movimiento. Veo su blusa gris, su cabello castaño claro. Si tan solo estuviera mirando de frente. Su despreocupación es una afrenta. Miro a Erik. Mi respiración está agitada, él ronca levemente. Sé que si le muevo el brazo que tiene sobre su pecho dejará de roncar y volverá a su respiración acompasada. Siempre he agradecido no tener que soportar los ronquidos que muchos hombres emiten. No sé si J. lo haga en el sueño profundo de la noche, a veces lo hace, quedamente, luego del sexo. La ira me aconseja despertar a Erik de un empujón, exigirle explicaciones. Pensar en la cara desubicada que pone cuando lo despierto me contiene. No, quiero confrontarlo cuando esté alerta para analizar cada una de sus expresiones, y no ahora, cuando despertará asustado, desencajado y contaminado de sueño. Contengo la respiración cuando dejo el teléfono en la mesa de noche, de donde lo tomé para revisar la dirección a la que debo llevar a Vale mañana para su terapia de deglución. Él concertó la cita, pero antes de dormirse me dijo que no podría llevarnos, que si podía ir yo. Claro, le dije, de todas formas quería salir al banco. No sé qué me llevó a leer sus demás mensajes, jamás lo hago. Siempre hemos sabido las contraseñas de nuestros dispositivos, redes y demás servicios. Aun así jamás me dio por revisar sus cosas, ni él lo hace, lo sé porque, de haberlo hecho, se habría enterado de J. Mis manos siguen temblando. Voy al baño. Al prender la luz veo en el espejo redondo un reflejo en el que no me reconozco. Tengo el cabello revuelto, no recuerdo haberlo tocado, pero ahí está, enmarañado. La imagen de Ana me atraviesa como un flechazo. Recuerdo su mirada despreocupada mientras yo me busco con urgencia frente al espejo. Me lavo las manos quién sabe por qué. Con el agua que queda en mis manos acomodo mi cabello. Soy yo. No soy. ¿Quién soy? ¿Quién es Erik? ¿Desde cuándo se han estado viendo? «Volver», regreso a esa palabra que encierra secretos, encuentros. ¿Cuántos? ¿Desde cuándo? Por fin siento que la ira comienza a transmutarse en un llanto al que le urge salir. Pero no. Veo en el espejo que sacudo la cabeza. No. No voy a llorar. No ahora.

Mi cuerpo no es una cárcel. Es una parcela que se marchita irremediablemente.

Pongo el agua para el café. Mi estómago sigue en condición de piedra. Lo siento pesado. Dudo de la fortaleza de mis piernas, por momentos siento que algo dentro se apagará y caeré sin remedio. Veo a Erik que llega a la cocina con varias cosas en la mano: unos libros, su cartera, sus llaves. Las coloca en la mesa junto a la puerta, su rutina de siempre. Está recién bañado, perfectamente peinado. Su apariencia fresca me insulta. Quiero gritarle ¡Lo sé todo!, pero es mentira, no sé nada, aunque lo sé. El vacío, ese vacío que dejó en el mensajero es una evidencia muda de que hay muchas cosas que no quería que se leyeran. La piedra en mi estómago se convierte en una serpiente enroscada en sí misma; comienza a moverse, lentamente, iracunda. El vacío, ese vacío, me trastorna, sobre todo porque no hay forma de saber qué escribió. Me rehúso a no saber. Trago saliva de forma pesada, amarga: debe haber algún modo de saber. No lo hay, descubro en el mismo instante y siento que los ojos se hinchan de llanto reprimido. Necesito saber. Quiero saber, suplico en silencio. La serpiente se retuerce en mi interior. Erik comienza a lavar los trastes de la noche, su rutina de siempre. No me presta mucha atención, me mira de pasada cuando me saluda. Buenos días, dice. Lo veo dudar. ¿No dormiste bien?, te ves cansada. Bajo la mirada y le digo que tuve insomnio y me dirijo al baño simulando tranquilidad. Entro a la ducha y lloro por primera vez. La certeza de no llorar se diluye con el agua caliente. Pienso en la edad de Ana, se ve un poco más joven que yo, solo un poco. Quizá es una foto de algunos años atrás, o una de esas fotos en la que se captura una pizca de lozanía de más. ¿Será una clienta, una proveedora, una secretaria, una nueva compañera? En la habitación, frente a los espejos del ropero, me quito la bata de baño. La desnudez. ¿Soy solo este cuerpo? Veo la cicatriz de la cesárea. Es una línea rosada en mi vientre, un tanto bultosa. No sé cicatrizar bien. Ni mi cuerpo ni yo. Miro mis grandes senos. La imagen de Ana vuelve y con ella se despierta la serpiente que se había adormilado por la caricia del agua caliente y el remanso del baño. ¿Ana tendrá los senos tan grandes como los míos? —siempre esa comparación injusta entre los cuerpos de las mujeres—. Erik quiere «volver» a verla, el recuerdo de aquellas palabras me flecha el pecho. Me visto con rapidez, quiero salir de la habitación y confrontar a Erik, pero él llega en este momento con una taza de café. Lo deja en la mesa de noche y me pregunta si voy a desayunar. Me quedo paralizada, también la serpiente. La normalidad de Erik nos deja heladas. ¿En qué momentos ha sonreído en secreto por Ana como yo hago cuando pienso en J.? ¿Desde cuándo? Contesto que no desayunaré y Erik sale de la habitación. Termino de vestirme y, con la taza de café en mano, voy a la cocina, expectante. Mientras hace el desayuno lo observo con cuidado, miro sus brazos, sus manos, su espalda. Lo imagino siendo cariñoso con Ana, sonriendo muy cerca de su boca como cuando se pone seductor. Lo imagino sacándose la camisa, quitándose el pantalón. Cierro los ojos. Por un momento lo siento inalcanzable, como si no estuviera a unos pasos de mí. La doctora se llama Ximena Cortez, me dice. Siento que sus palabras se alargan, como bajo el efecto de un viaje ácido. Sigue hablando pero no entiendo, sino un instante después, lo que está diciendo. Le comentas que Vale se guarda la comida durante mucho rato y a veces ya no la puede tragar. Bueno, pero qué te digo, solo estoy nervioso, le oigo decir luego de verle mover los labios. ¿Estás bien?, pregunta. Me despierto y, conmigo, la serpiente. Se mueve enfurecida, enloquecida. Quiero decir algo y corro a vomitar en el fregadero.

La mente,
como el amor,
es un bisturí
de cuatro filos.

Me muevo lento. Mi espada se curva, luego se estira. Él tiene los ojos cerrados, respira profundo siguiendo mi ritmo. Curva, recta, curva, recta. Estoy sentada sobre él. Su sexo dentro de mí y mis piernas a cada lado de sus caderas. Sobre él, mis movimientos. Siempre me ha gustado esta posición. Él me mira como si estuviera muy lejos, lejísimos, y por eso se aferra a mis caderas. Mi espalda: curva, recta, curva, recta. En un momento bajo desde mi aparente lejanía y beso sus labios, hundo mi lengua en su boca. Paso mi brazo derecho detrás de su cuello. En ese medio abrazo mis caderas deciden cambiar su ritmo; ahora suben y bajan conteniendo el placer dentro, en medio de mí, de nosotros. ¿Cómo se escucha el encuentro de dos cuerpos? *Paf, paf, paf,* varias veces, muchas veces, entre nuestra respiración acelerada. Hemos estado juntos tantas veces que hay pocas sorpresas, aunque no poco placer. La cotidianidad puede acabar con la capacidad de asombro y a cambio permite el disfrute de algunos placeres hasta el último detalle. Ese estado sin sobresaltos se anhela durante toda la vida, pero al conseguirlo no sabemos qué hacer con él, ni con nosotros. De todas formas el fuego es fuego, y muchas veces ha incendiado etapas completas de nuestra vida en pareja. Algunas veces el deseo nos hace buscarnos a mitad de la noche con manos ansiosas y bocas abiertas en la oscuridad. Otras, nos utilizamos como instrumentos de placer y, antes de apagar la luz para dormir, nos recordamos pendientes de la casa. De todas formas, el fuego es fuego y hoy lo necesito más que nunca, con un deseo punzante que sentí en mis labios y en mis labios durante todo el día. Quiero sentirte, dice Erik. Esa frase que hemos acuñado con el paso del tiempo para evocar el orgasmo del otro. Es una invitación, en todo caso, para abrir las compuertas del placer que ya hace rato están por desbordarse. Sus palabras me invitan a acelerar los movimientos, pero él me hace caer de lado. Sé lo que sigue, esta danza violenta es conocida. Abro mis piernas, se hunde en mí. *Paf, paf, paf,* insisten los cuerpos que ya parecen no ser nuestros. Exhala con fuerza cerca de mi oído y una pequeña descarga recorre mi espalda. Una imagen aparece en medio del placer, no puedo detenerla. Veo a Erik exhalando en el oído de Ana, en esta ocasión soy capaz de imaginarla en movimiento. La veo abrazar con fuerza a mi esposo como yo lo hago. La veo acariciar sus hombros, cuello, cabeza, y que él le dice Quiero sentirte. La serpiente, que permanecía arrullada por el sexo, comienza a moverse con fuerza. Me duele. Un gemido, casi una queja, sale de mi boca sin que pueda evitarlo. Erik se detiene un momento y pregunta, tropezando con su respiración, si estoy bien. Apenas le respondo y lo obligo a retomar sus movimientos. Ana y yo seguimos anhelando el final. Él duda pero obedece a mis caderas y a las de Ana que imagino nítidamente. Estamos listas, me tenso, nos tensamos por completo, el placer nos invade; él lo siente. Lo sabe. Lo vemos, Ana y yo, alzar su cabeza, echarla para atrás, frunce el ceño, aprieta los ojos, hace una mueca de dolor. Un olor de flores blancas y cloro perfuma el ambiente. Gime, se rinde, me aprieto, nos apretamos contra él. Siento que se hunde con mayor profundidad en esa prisión de piernas abiertas de mi cuerpo, del cuerpo de Ana. Por fin se derrumba en nuestro pecho. La serpiente se arremolina dentro de mí, me saltan las lágrimas mientras pienso que no puedo estar más cerca ni más dentro de él. Lo aprieto más fuerte y él insiste en salir. Lo vuelvo a apretar. Titubea, pero igual sale y se acuesta al lado. Toma agua, mira su teléfono de pasada. Me punza la vulva. Se recuesta y me invita a recostarme en su hombro. Escucho cómo su corazón va recuperando un ritmo tranquilo. Ese sonido me revela algo tan dolorosamente cierto: él no es mío, nunca lo ha sido, como ningún hombre lo es. La soledad absoluta. Paso mi pierna izquierda entre las suyas. Sus piernas la reciben y la aprietan un poco. Me acaricia con ademanes automáticos aunque cariñosos. Se levanta al baño. Lo veo moverse con tranquilidad, lo miro como si no lo conociera, o, mejor dicho, como si no lo reconociera. Como esta mañana, lo vuelvo a sentir inalcanzable. Otra vez esa sensación que me mareó hasta el vómito. Curiosamente, luego de devolver en el fregadero me sentí recuperada, con una calma que ha durado todo el día. En momentos temo que esta supuesta tranquilidad sea más bien incapacidad de responder, como si algo se hubiera paralizado dentro de mí. Por la tarde comencé a sentir que necesitaba estar con él, sentirlo, besarlo, hacerlo mío. Sus faenas en el baño, antes pasadas por alto como un ruido de fondo, son el punto de mi atención. Escucho su orina caer, chocar con el agua; el sonido del retrete, el sonido de la porcelana cuando baja la tapa. Escucho que abre la llave del lavabo, lo imagino desnudo, despreocupado, sin buscar el rastro de su yo en la imagen emborronada y nítida del espejo como hice justo ayer a estas mismas horas. Increíble el abismo que existe entre una noche y otra. Apaga la luz del baño. Se acerca a la cama, busca su ropa interior, se la pone. Sigo inmóvil, queriendo contener esta imagen lo más intacta posible. Temo perderlo, quiero que sea mío, retenerlo. Se acerca. Toma agua de nuevo. Se mete a la cama y me mira con cierta extrañeza. Bajo la mirada porque la siento afilada, no quiero alterar esta imagen, estas costumbres. Aunque extrañado, se acerca para darme un beso de buenas noches pero yo lo beso con una intensidad inesperada, tanto para mí como para él, que se echa para atrás y dice ¿Qué pasa? Por toda respuesta hay un beso igual de extraño e intenso. Quiero más, escucho que le digo. Él se ríe y responde con cautela mis besos exagerados. Me aparta con suavidad y agrega Estoy cansado. Me besa con tal dulzura que hiere. ¿A Ana también le dirá lo mismo? Lo acaricio casi como un ruego y él me mira cada vez más extrañado. ¿Y eso? ¿Qué tiene?, lo reto. Nada, solo que prefiero dormir. Me mira de reojo mientras acomoda su almohada y se acuesta. Lo abrazo, lo beso en el cuello, ya ni sé por qué toco su entrepierna flácida. ¿Qué tienes hoy?, y la pregunta me avergüenza. Siento que la piel del rostro me aprieta por dentro y voy furiosa al baño. Limpio mi sexo todavía húmedo, me lavo las manos, me peino. En el espejo parece que me miro desde el otro lado de una bahía. Lavo mis manos de nuevo para no mirarme más y enjuago los residuos de agua y pasta de dientes del lavabo. Odio ir al baño y no poder ignorar las pequeñas suciedades. Sacudo las manos con fuerza, con un dejo de furia y salpico el espejo —sé que mañana lo limpiaré—. Regreso a la cama, él ya está dormido. Su facilidad para dormir es irritante. Es capaz de hacerlo en medio de una discusión o dos minutos después del sexo más enloquecido. Me visto y lo miro. No es mío, nunca lo ha sido, y hoy sé que no le interesa serlo. Una idea se clava atroz dentro de mí.

Diez minutos. Han pasado diez interminables minutos que he contado con obsesión. La respiración de él ya es profunda. Tomo su teléfono y abro el mensajero. El contacto de Ana está archivado. Siento un golpe en el estómago. Lo abro y está vacío. Ni siquiera está lo que leí ayer. Otra vez el vacío, el maldito vacío. Me ahogo de dolor. El dolor que se había retraído durante todo el día regresa con el efecto de un maremoto. Miro la foto de Ana solo para lastimarme, para hundirme esta flecha fría. Intuyo que durante el día se escribieron, que habrán quedado de verse y que él borró las evidencias. Entonces otra idea se me clava. Esperaré. Esperaré al acecho para ver esta historia desde las gradas. De pronto siento que estoy planeando algo muy parecido a un harakiri. Es deliciosamente doloroso, pero de alguna forma también me excita.

¿Cómo
se construye
una separación?
Con un cúmulo
de pequeñas
soledades.

Por fin pude ver las señales invisibles. No sé cómo no las vi antes, quizá porque yo estaba en el mismo registro del engaño, pero las señales ahí están. Son eventos diminutos, casi inocuos, como cuando se peina y se cepilla el cabello dos veces más y descubro que en sus ojos hay un brillo de impaciencia. O cuando avisa que llegará un poco más tarde y da explicaciones del porqué sin que yo se lo pida. Las mentiras se apuntalan con verdades, lo sabemos.

Cada señal que percibo me duele, pero también la disfruto, ¿un dolor placentero tal vez? Es un halo suicida que saboreo en la boca. Miente quien asegura que lo mejor es huir del peligro, a veces es tan grande la soledad que el dolor es lo mejor que puede ocurrirnos. Quisiera retrasar todo lo posible el desenlace de esta agonía lenta y silenciosa. A veces, cuando Erik se va con esa sonrisa que se afila en el último pliegue de sus comisuras, siento un ahogo sordo. Lo despido de forma casual y cuando cierra la puerta comienzo a llorar. Disfruto llorar y no sé por qué. Disfruto la desolación, esos carbones rojos que siento en el pecho. A veces vomito y me queda un llanto con hipo durante un buen rato. Lo único que me devuelve a la realidad son las gemelas. Las escucho reír en su cuarto, que pasan corriendo por el pasillo y, sobre todo, cuando vienen a mí para que les dé agua o porque tienen hambre. Entonces me lavo la cara y les preparo algo. Los cuidados nos cuidan. Disfruto su calor cuando se sientan a mi lado y quiero detener el tiempo, que nada de lo que veo a mi alrededor se altere. A veces vuelve el dolor y lo mastico lentamente, resignada. A veces espero a Erik ansiosa, lo busco y también intento retenerlo para siempre con cuidados. Cuando conocemos la cara opuesta de la traición es más fácil ser empáticos.

No quise ver a J. Le di una excusa tonta. Si algo me molesta de él es que ni se inmuta ante mis negativas. Su comprensión me enfurece.

Un sobresalto. Un grito. Corrí a su origen, un lugar que me pareció inalcanzable. Ame estaba de pie, atónita. Vale, en el piso, llorando. Sangre, mucha sangre en su rostro. Llegué casi en vuelo hasta donde se encontraba. Se había roto los labios y le sangraban profusamente. Estaba hinchada y no paraba de llorar. Le enjuagué la boca pero la sangre no paraba. Tomé un puño de gasas y se las coloqué en la boca, la subí al auto. Ame seguía sin reaccionar y también tuve que subirla. Es como Erik, pensé al verla por el retrovisor, se queda pasmada ante las heridas, la sangre y las emergencias. Vale, en cambio, a pesar de que el dolor le había arrancado el llanto, y de sujetar las gasas empapadas de sangre, mantuvo el temple durante el camino; solo gemía un poco de vez en cuando. Es como yo, también pensé. Erik llegó al hospital con aspecto abatido. Le expliqué que estaban tomándole una placa a Vale para descartar alguna fractura en su mandíbula. Él respondió de forma automática, como si estuviera lejos. Le pedí que se sentara y obedeció. Se sentó junto a Ame, quien seguía muda. Erik la puso en sus piernas y ella ocultó el rostro en su cuello y lo rodeó con sus brazos. De regreso a casa Vale se durmió. No hubo fractura, solo una leve contusión. Analgésicos, desinflamatorios, cita próxima con el dentista. Mi madre habló, también tuve que calmarla, le insistí en que tomar un vuelo para cuidar a la niña era innecesario. Erik le había marcado a todo mundo: a mi madre, a la suya y a sus hermanas. Yo habría preferido vivir este incidente con privacidad, pero Erik siempre se rodea de todos para vivir sus desgracias. La presencia de mi madre me intranquiliza. Siempre fue así; peor aún, desde que nacieron las gemelas demostró tener capacidad para dar cuidados, para consentir y hasta malcriar. Pensé que era incapaz de ser dulce y amorosa con alguien. Por un lado me alegro de que las gemelas la amen y la añoren cuando no la ven; por el otro, me invade un sentimiento inconfesable de rencor y amargura cuando la veo tratar con las niñas y pone sus ojos achinados y la voz azucarada. Unos modos que, cuando yo vivía con ella, solo usaba con sus gatos. Logré convencerla de que se quedara en su casa, lejos. Es mejor así. Al menos para mí.

Me despierto sobresaltada. Es Erik, tiene pesadillas. Se agita y gime como si llorara. Lo toco; tiene la piel de gallina, como cuando el terror se pega a la piel. Lo sacudo con cuidado, se despierta, me abraza. Luce casi jubiloso de que esa realidad privada fuera solo un sueño. Me cuenta su pesadilla, nos abrazamos. Es entonces que siento por primera vez el latigazo de miedo que por la tarde me hizo correr al cuarto de las niñas. Fue una caída aparatosa, un golpe llano en el piso, con ese sonido que augura peligro y sangre. Erik me aprieta con fuerza en su pecho, me siento a salvo. Recuerdo lo bien que se siente estar en sus brazos.

No puedo apartar la mirada de tu destrucción.

Yo quería enamorarme. Sentir ese ventarrón en el estómago que remueve todo adentro y permite flotar en las propias sensaciones. Quería enamorarme, sentir esa pasión quemante que doblega la piel y palpita día y noche, ansiosa. Quería enamorarme para entregarme a los arrebatos de mis sentimientos incontrolables y dejarlos ser, y decidir a punta de amor. Despedazar todo por amor, romper todo por amor. Hacer del amor imposible algo no solo posible sino implacable. Quería enamorarme y hacer el amor por puro amor, con urgencia pero con pasión y también con ternura, pero solo después de sacudirme violentamente y haber aullado de placer. Quería enamorarme de J. pero no pude construir tal engaño; enamorarse siempre es un engaño. Además J. es un amante insoportablemente responsable, sería imposible arrastrarlo a la locura del amor; enamorarse es permitir la locura. El pragmatismo de J. nos mantiene en un terreno claro y sin complicaciones, y ese orden me saca de quicio; como hoy que pienso en lo mucho que me habría gustado enamorarme y que J. también enloqueciera e hiciéramos planes de un futuro prometedor, hirviente, de esos que se cuentan los amantes, aunque nunca lleguen. Me habría gustado enamorarme, aun cuando sé que al final de ese tobogán peligroso solo hay un muro en el que todos los enamorados terminan por estrellarse.

Me gusta saborear la idea de lo que pasaría si le dijera a Erik lo de J. Lo imagino llorando, haciendo esa voz medio chillona que hace cuando está triste y enojado al mismo tiempo. Saboreo imaginarlo arrepentido por lo que ha hecho y yo lo culparía y le diría que saber lo suyo con «esa tal Ana» —así se lo diría— fue el impulso que necesitaba para aceptar a alguien más. Aunque sea mentira o solo una parte sea verdad, de todas formas la vida está hecha de las mentiras que nos contamos. Saboreo pensar que en algún momento Erik se daría cuenta del enigma y me preguntaría Quién es, y yo me negaría a revelarle la identidad del amante que ha trasegado nuestra relación, dizque para protegerlo, a Erik. Y esperaría el momento más dramático para gritarle el nombre de quien lo ha llevado a la ruina porque ha mancillado lo más importante en la vida de cualquier hombre: su orgullo. Y Erik se llevaría las manos a la cabeza, como cuando se desespera conmigo, y luego de llorar un buen rato, en algún momento cambiará su expresión y me dirá Perdóname, no quería hacerte daño. Aceptará, como siempre, la culpa de mis arrebatos, me besará las manos y querrá acostarse en la cama abrazándome, repasando «nuestra historia». Mencionará a las gemelas y lo importante que es para él «mantenerse en familia». Me prometí, desde niño, que no haría lo que hizo mi padre, ¿sabes? Me lo dirá retóricamente, porque he escuchado esa historia infinidad de veces en la misma posición en la cama, y, aunque por distintas circunstancias, casi siempre porque él termina por aceptar la carga de mis actos.

Erik es un hombre impecable, quizá por eso me atrae la idea de verlo hacer algo que no está en su «naturaleza», como él lo diría. El dolor que siento cuando sale, cuando se tarda, cuando llama de la nada para decirme que nos ama, bien puede ser el costo de ver el deslave de esa montaña que es Erik. Desde que lo conocí me divertía pensar que solo tenía ojos para mí, en parte porque así lo pregonaba él y en parte porque era verdad. Es un hombre muy atractivo y lo buscan muchas mujeres. Cuando lo conocí siempre traía un séquito detrás de él. Pero él desdeñaba al instante a las mujeres que le coqueteaban, tampoco le gustaban las que «se hacían las difíciles». Me hizo caso por pura suerte. Cuando nos conocimos yo estaba exhausta; más que eso: derrotada. Quizá por eso le parecí atractiva, porque siempre quiere ser el salvador de cada una de las personas que conoce. Con él di fin a una era de iniciar caminos que jamás recorrería por completo. Decidí adentrarme en el sendero de Erik más por cansancio que por convicción. Tuve suerte, siempre la he tenido:

mis parejas más duraderas siempre fueron tipos extraordinarios a los que desgasté por placer o, mejor dicho, por aburrimiento, a veces sin darme cuenta y otras con dolo. Además, Erik es brillante en su trabajo y generoso —compró una casa hermosa en una colonia de gente acomodada y snob, en la que encajamos a la perfección—. Su sueño de la familia feliz me parecía estúpido pero conveniente, y quise creérmelo, quise creer que era posible construir algo que nunca había vivido, ni visto, ni soñado. Quería contarme una historia agradable. Él quiso creer que podía ser mejor que su padre, que conservaría su familia para siempre y que nunca, nunca, tendría ojos para otra mujer. Me lo repetía cada que terminábamos acostados en la cama luego de discutir por cualquier cosa. Me lo repitió en nuestra noche de bodas y lo decía, en ocasiones, frente a amigos luego de haber tomado algunas copas de más. Descubrir que sus pilares más preciados se derrumban me lastima, pero me atrae con ese morbo pegajoso que tienen las catástrofes.

Soy mi peor narradora.

Las brutalidades del pasado anidan en las sutilezas del presente.

Tiendo la cama. El tiempo está frío, así que hay, además de sábanas, un edredón y un cubrecama que tender. Me gusta el orden que adquieren las habitaciones luego de hacer la cama. Cuando coloco los cojines de adorno, a juego con la colcha, me parecen ridículos; solo sirven para posar. Evito usarlos por la orden de mi madre que está muy clavada en mí —es de esas muchas reglas que ella me impuso—. Una es más su madre de lo que quisiera. Algunas reglas las he encontrado útiles, como lavar las toallas cada semana y los pijamas cada tercer día; otras, las he roto y desterrado de mi casa porque son, sencillamente, estupideces, como no prender la televisión hasta después de comer porque, según ella, es de gente fodonga. Otras más, sin embargo, las sigo obedeciendo sin cuestionarme y un buen día me doy cuenta de que son ideas de ella y no mías, entonces las rompo con gusto, con la glotonería que me da saber que ahora puedo hacer lo que me plazca. Por eso me acuesto en la cama recién tendida y uso esas almohaditas ridículas en forma de círculo, son incómodas y pongo una para descansar mis pies descalzos. Sonrío y pienso en la cara que pondría si me viera. Ir descalza por la casa es para ella uno de los peores hábitos que hay; por eso, desde que me mudé sola, a los veinte, siempre he andado así en mi casa. Cuando hace frío me pongo calcetines, percudirlos me da gran placer.

No he podido sacudirme la obligación de asear mi casa sin ninguna ayuda. Bien podría contratar a alguien para ello, incluso Erik me ha insistido en que lo haga. Algo en mí se resiste, no quiero abrir mi casa a nadie. No disfruto las visitas, tolero algunas, pero no me gusta recibir a nadie. Erik, en cambio, salta como niño cuando viene su madre o sus hermanas, cuando viene mi madre o cuando recibe a sus amigos. Compra comida, saca el vino, enfría cervezas, trae café gourmet. Alguna vez cedí y contratamos a una señora que venía martes y viernes. Su presencia me desesperaba porque yo sentía el deber de ayudarle y todo el tiempo andaba atrás de ella, creo que la incomodé porque solo vino durante dos semanas. Erik contrató a otra persona y lo reñí. Ni siquiera supe cómo explicarle que no me gusta sentir la obligación de conversar con alguien, que no me gusta la superioridad que se siente cuando te piden que subas los pies al sillón para barrer. Mi madre se empeñó en que fuera un martirio hacer el aseo; supervisaba como militar y castigaba igual si algo no le gustaba. Si se molestaba por cualquier cosa me ponía a barrer y trapear así lo hubiera hecho apenas dos horas antes. Sentía que el aseo era humillante. Cuando comencé a vivir sola hubo lugares en los que nunca limpié el baño, ni el piso; con trabajo lavaba mi ropa, solo lo hacía por vanidad. Cuando me casé con Erik me ilusionó tener una casa nueva, limpia de todos sus rincones, nueva de arriba abajo. Mantener lo impoluto ha sido más sencillo. Ahora hasta disfruto devolverle su imagen de portada de revista a cada habitación. El desastre interno es más llevadero si afuera está limpio.

El orgasmo como cumbre, como la soledad más grande.

El orgasmo tiene una reputación desmedida. Siempre he creído que lo más atrayente de tener sexo con alguien es el beso que abre el encuentro y la primera penetración. En ese beso privado que antecede la desnudez está el sentido de toda la relación, sea efímera o duradera, sea enamorada o de una sola noche. Contiene todo lo que está por ocurrir, no antes ni después, mucho menos después del orgasmo. Con la primera penetración pasa lo mismo, porque luego del orgasmo la otra persona me estorba, para mí ya todo ha terminado; todo lo que deseo es arroparme, dormir o largarme a la tranquilidad de mi espacio. A veces surge el fastidio de esperar a que termine la otra persona, que eyacule, se venga o lo que sea, pero que termine. Cuando me siento así, todos sus gestos me parecen irrisorios y groseros; como si se tratara de una mala actuación que tengo que presenciar porque no me puedo ir a ningún lado. Lo peor es la espera, recibir besos demasiado húmedos, alientos demasiado cálidos.

Con Erik el fastidio postorgásmico es casi inexistente. Y digo casi porque lo hay, pero es corto y quedo. Me gusta que casi siempre se viene conmigo, que si se prolonga es por muy poco tiempo y porque no intenta mimarme como si acabara de arrebatarme algo. Muchos hombres hacen eso; quizá porque en sus mentecitas sí quisieron arrancarme algo o creen haberme mancillado. No solo es cosa de Erik, también es mía; será porque me enamoré de él de una forma que no sabía que podía. Así de cursi como suena. Quizá es cursi porque es verdad, y la verdad y la cursilería son cosas aborrecibles.

Con J. los orgasmos son insólitamente pacíficos. Mi soledad se afila pero se desgasta pronto por el gusto caprichoso de saber que eso que vivo con él es porque se me antoja y porque me iré de ahí enseguida. J. se viene y se ríe, sigue en su papel de conquistador bocazas y entonces también me río. A veces hasta se me hincha el deseo de nueva cuenta y comenzamos de nuevo. A veces él accede; otras, solo me complace y eso me complace el doble, porque la soledad se debilita a cuatro manos. Al menos por unos segundos, al menos, pero eso me basta.

Reflejo
ominoso es
la amistad.

Siempre que voy a ver a Inés siento que debo estar alerta. Con esa cautela incómoda que se tendría en un laberinto de espejos para no estrellarse la cara con el propio reflejo. Nuestra amistad está apuntalada por eventos decisivos del pasado y se sostiene por la costumbre y por la derrota; quizá porque llega un momento en el que el saldo en contra es más bajo al conservar a los viejos amigos que al hacer nuevos. En la universidad tenía sentido que siempre estuviéramos juntas porque iniciamos ese camino agotador y sorprendente de hacernos adultas. Nos confiábamos y compartíamos cada momento importante en ese entonces: tener sexo, fumar mariguana, tener sexo con chicas; pero también los más secretos temores y los sueños idílicos que se fueron estrellando con la vida real. Quizá ese lazo se hizo fuerte y permanece así por el mimetismo que desarrollamos en esa etapa. Pero la vida no se vive, se sobrevive. Así que todo comenzó a cambiar entre nosotras desde que ella consiguió trabajo poco antes de terminar la carrera. Yo seguí dando tumbos buscando algún sentido: en la traducción, en la edición, en el portugués, en el aikido, en la meditación, en Erik, en mis hijas, en el senderismo, en la maestría, en J. Cada paso que di fue para ella un retroceso en sus expectativas sobre mí. Nunca he estado a la altura. Hay amistades que se rompen frente a tus ojos y se revela el truco del espejo: aquella imagen jamás fuiste tú; tiene tu rostro, lleva tu nombre, pero solo eres un reflejo en un espejo caprichoso. O, por el contrario, ese espejo se vuelve tan nítido que te devuelve una imagen que no soportas ver. Me alejé de Inés cuando se burló de mi decisión de casarme con Erik. Me tildó de ser como esas niñas ricas que solo van a la universidad para conseguir marido. No tenía razón pero la tuvo, y no quise invitarla a la boda. Ella me buscó cuando nacieron las gemelas. El tiempo suavizó las astillas de nuestra amistad y volvimos a frecuentarnos. Aun así su mirada sigue reprobando mis actos y mis decisiones, aunque ahora se ahorra sus palabras. Es la única persona a la que le pude contar lo de J. Sabía bien que le gustaría que estuviera transgrediendo mi estabilidad. No solo le gustó mi historia, sino que me animó, le pareció una liberación, una experiencia exótica. Quiso ver una foto de J. Cuando se la mostré, lo autorizó con una exagerada mueca traviesa que me hirió. Lo notó y se rio aún más diciéndome que siempre me han gustado los rebeldes y feos que parecen lindos porque son listos. Me dejó acorralada: J. era todo eso en exceso, pero no le di la razón. Vi en el fondo de sus ojos lo que venía, una diatriba contra el matrimonio y la monogamia. Lo dijo de forma apasionada y flemática, como acostumbra en esos temas, como si estuviera ayudándome a decidir por J. Lo que no le dije es que no necesitaba ningún impulso, sabía lo que pasaría y lo que quería. Pero cuando lo hice y comencé a tener una rutina semanal de verlo, incluso cuando volvió con su esposa y su hija, no se lo conté a Inés. También me niego a decirle lo de Erik con Ana, sé lo que dirá, puedo imaginar cada una de sus frases y cada uno de sus aspavientos.

A veces me lastimo imaginando que J. ve a otras mujeres y no puedo pensar en otra persona más que Inés. Quizá porque ella es la única persona que conozco que sería capaz de tal cosa. Le pregunto a J. si habla con otras mujeres. Él no ignora mi eufemismo y me dice que no tiene tiempo. Regreso a mi casa rumiando sus palabras. Siento una ola de celos que me parecen ridículos. Después de todo J. sigue al lado de su mujer, pero eso no me lastima, incluso me divierte; lo que me lastima no es la historia que conozco sino la que no alcanzo a ver.

La maternidad como lienzo, como oportunidad, como venganza.

En cuanto abro la puerta de mi casa huele a limpio. También huele a comida recién hecha y a un postre que se cocina a fuego lento. No sé cómo hace mi madre para que hasta las paredes y los techos luzcan impolutos cuando ella nos visita. Apenas salí un par de horas y ya bañó con su aura todos los rincones. La encuentro sentada leyendo, en la misma posición en la que la evoco cuando, extrañamente, la extraño; la misma en la que la encontraba desde que era niña. Por momentos me parecía que se petrificaba y yo contenía la respiración hasta que volteaba la página; entonces sentía que podía hablarle o preguntarle cualquier cosa, era mi única oportunidad. Si la llamaba antes me miraba exasperada sobre sus anteojos y me dejaba helada; a veces, por el miedo, olvidaba lo que quería y ella se enojaba y me decía que me largara. A veces, como hoy, cuando me habla de forma amable al verme llegar, me pregunto de dónde nacía tanto miedo y si tenía razones para ello. Entonces comienzo a cuestionar mis recuerdos, a repensar si son fiables, si son justos, incluso si realmente pasaron. La maternidad está hecha de dos materias que se tocan: el amor y el odio, y lo cierto es que no son opuestos sino una misma cosa entrelazada. La presencia de mi madre me recuerda esa dicotomía que vivo a diario con mis hijas. Aunque en mi trato hacia ellas siempre hago lo contrario a lo que hizo mi madre conmigo. Me gusta pensar que es una buena estrategia: si todos sus modos fallaron, lo opuesto debería funcionar. Las personas no somos ciencias exactas y las niñas no son yo, así que a veces me encuentro en situaciones que nunca viví. Es entonces que echo mano de Erik y su historia de familia feliz y unida. Las equivocaciones maternales son menores con un poco de atención y un poco de voluntad.

Mi madre sirve de comer y no dejo de preguntarme qué le habría costado ser tan siquiera un poco amable cuando yo era niña. Le habría hecho bien gritar menos o no gritar en absoluto; pegar mucho menos o no pegar en absoluto. Poner atención, escuchar, abrazar, incluso amar un poco le habría hecho bien.

En cuanto mi madre entra por la puerta de mi casa deseo que se vaya y, al mismo tiempo, quiero que siga siendo amable, que haga comida, que limpie, que me haga arroz con leche. Me uno a las peticiones de las gemelas como una trilliza que nadie ve. Porque las niñas no comparten a su abuela absoluta que todo lo hace mejor que su mamá; se entregan a su orden, la abrazan, la besan, le hacen docenas de dibujos que ella guarda en su bolso mientras repite que los pegará en su refri. Siento que me traicionan las tres y a veces les llamo la atención a las gemelas de una forma agria que también me lastima. Eso, por supuesto, solo las echa aún más a los brazos de su amorosa abuela, de su abuelísima que las recibe triunfante. Cuando llega Erik mi madre lo sienta a la mesa pero me ordena, con urgencia sobrada, que lo atienda. Le revisa los puños de la camisa y le dice que ella la va a despercudir. Al ver el plato que acabo de llevar, finge susto y corre a la cocina a servirlo «mejor». Siento que el odio me trepa la garganta, me araña con fuerza en mi tráquea, pero no digo nada. No puedo. Sigo siendo la niña paralizada que acaba de interrumpir la lectura de esa mujer que ahora se acerca triunfante con un plato de comida caliente mientras dice Ahora sí, a comer. La miro con recelo, ella pasa por alto mi mirada. Comprendo que solo usa otros métodos para lastimarme, pero en realidad no ha cambiado nada, su odio y su desprecio siguen intactos, brillantes y, lo peor, invisibles para los demás.

Cuando mi madre se va siento alivio y, al mismo tiempo, añoranza. Por mucho tiempo, toda mi vida, he anhelado su amor. Quizá porque la veo capaz de sentirlo y expresarlo a todos los demás seres del mundo que no sean yo. Siento que es posible que, en algún momento, me toque algo de ese néctar. Aunque no lo quiero para beberlo sino para rechazarlo, para tirarlo al piso y caminarle encima.

A veces
la maternidad
es un golpe
suave y terso
que noquea.

Me despido de las gemelas desde la puerta de su habitación. Vale me dice que regrese a darle otro beso. Me resisto por dentro pero accedo. La beso, me retiene con sus bracitos rodeando mi cuello. Me río pero quiero que me suelte, quiero soltarme de su abrazo insistente y juguetón. Me alejo y ella se cuelga de mi cuello y se saca las cobijas. Quiero que me suelte, quiero gritarle pero contengo el regaño. Le agarro las muñecas y le pido, una vez más, que me suelte. Insiste, se resiste y solo cede cuando le hablo con más sequedad. De todas formas me dice Uno más y ya. Por dentro, un alarido se queda a la mitad, accedo con el reproche pateando en mi garganta. Ella me lame en vez de besarme. Hasta aquí llegó mi paciencia y me alejo enojada diciéndole que ya sabe que odio que haga eso, mientras me limpio la mejilla con un manotazo que incluso me duele. Vale responde con voz pequeñita Perdóname, mami, solo quería hacerte reír. Algo dentro se afloja, pero ya no puedo volver a su habitación, ya no. Este abismo de amor y odio me trituran desde el centro. Cuando pasan este tipo de cosas siempre me pregunto cómo hacen las demás madres; si acceden a todos los juegos de sus hijos y si es normal que yo sienta este rechazo filoso. No siempre pasa, a veces me enternecen con sus ocurrencias, a veces siento un amor acolchonado que me hace sonreír por las noches cuando repaso mi día. Muchas otras, solo quiero que me dejen en paz, que se duerman, que no hagan tanto ruido y que no me exijan protagonizar el papel de madre amorosa y divertida. En verdad que a veces solo quiero que se vayan a dormir temprano. Aunque también las busco, las abrazo, me recargo en sus pechitos y oigo sus corazones latir con ritmo de colibríes. Me fascinan sus caritas, sus ojos enormes, sus pestañas negrísimas, sus facciones, sus delicadas diferencias. Ame me busca menos y por eso la busco más. Me rechaza y soy yo la que insiste en un beso más, en un abrazo más apretado. Cuando accede siento una rigidez interna que reconozco, esa lucha que se da al querer complacer sin mucha voluntad. La dualidad de las gemelas me sabe a mí.

La psicología dirá que todo se debe a mi propia infancia. Claro, con la enorme de mi madre y su diminuto corazón, es una obviedad. Pero la vida no se resuelve con teorías. Aunque sepa de dónde viene esta incapacidad, la vida continúa. Se hace de día y de noche y el corazón constantemente se hace puño cuando me voy a dormir asolada por la culpa, por no poder ser una mejor madre. Lo intento. En verdad lo intento, Vale. En verdad lo intento, Ame. En verdad lo intento, Erik. Pero solo soy esto.

La felicidad de los otros es una patada en los ovarios.

Me siento en el vacío. A falta de otro nombre, así le llamo a este estado en el que todo a mi alrededor suena como si yo estuviera en una burbuja. Me pasa desde niña y nunca se lo he explicado a nadie. Creo que a nadie más le sucede, de pasarle a alguien más yo sabría distinguirlo. Cuando salieran de ese estado los pondría al corriente de lo que ha sucedido mientras estaban en el vacío, porque la vida sigue afuera de la burbuja pero se vuelve ininteligible. Erik me aprieta el brazo y me mira, me pide que corrobore algo, le digo que sí y reanuda su plática. He salido del vacío y por fortuna la plática es tan vulgar que no necesito que nadie me explique lo que hablan. Las reuniones con Andrés y Karen son así de superficiales, pero a Erik le hace ilusión hacer migas con ellos. Son vecinos de este coto sobrevaluado y el tercer jueves de cada mes nos reunimos. Erik es un anfitrión intachable, prepara todo y hasta se cuelga una toalla de cocina para abrirles la puerta, como en las películas. Los invitados traen una «botella de tinto», dicen, como en las películas. Yo me adentro en mi papel y les sigo el cuento. Hablan de sus viajes, de sus proyectos, de los maratones que van a correr y han corrido —han viajado por el mundo solo para eso—. Todo su teatro me interesa tanto como un pañuelo usado, pero me gusta estar en este papel de anfitriona, con mi vestido de cóctel, mis tacones y mi copa de vino. Me sabe bien no preocuparme por nada, me agasajo presumiendo mis avances en la maestría y los de las gemelas. Ellos saben que deben sonar interesados, me preguntan cosas y les respondo con suficiencia. Aunque son un matrimonio que se podría catalogar como progre, hay cosas que no cambian. Andrés y Erik se salen al patio a tomar una cerveza y nosotras nos quedamos en la sala. De pronto Karen, quién sabe por qué, dice que quiere confesarme algo. Me remuevo en el sofá, quisiera tener una excusa para interrumpirla pero no la hallo. Andrés decidió hacerse la vasectomía porque no van a tener hijos. Ella, la más feliz. Sigue parloteando pero ya estoy de nuevo en el vacío. ¿Cómo es posible decidir algo así? Me mira insistente, regreso a la realidad y asiento, la felicito. Ella me abraza. Los maridos regresan riendo y Andrés le pide a Karen que cuente no sé qué cosa de cuando corrieron el maratón de Boston. Más tarde Erik y yo despedimos a la visita desde la puerta. Erik pasa el brazo sobre mi hombro, como en las películas. En cuanto ellos se meten a su casa y por fin se termina la función, me quito los zapatos y los aviento en la entrada. Erik comienza a recoger los platos sucios. Pregunta si dijo algo mal durante la velada. No, solo estoy cansada, le digo y subo a la habitación.

Es de madrugada y solo puedo pensar en la confesión de Karen. ¿Por qué nunca me cruzó por la cabeza no ser madre? ¿Por qué no se me ocurrió que esta película podría hacerse sin hijos? Pienso en las gemelas que duermen en la habitación contigua. Voy a verlas, desde la puerta solo alcanzo a distinguir los dos pequeños bultos que tienen entrelazadas las piernas. No quiero despertarlas, así que bajo a fumar al patio. ¿Cómo sería mi vida sin las gemelas? ¿Erik habría aceptado no tener hijos? ¿Qué mujer se plantea no embarazarse, amamantar y criar si nuestros cuerpos están hechos casi específicamente para eso? Nos lo avisa la menarquia, nos lo grita el cuerpo cada mes con dolor de senos, con pinchazos en el vientre, con sangre escandalosa. Nos lo dice todo lo que nos rodea desde que nacemos: los bebés de juguete, las muñecas a las que hay que alimentar, las cunitas, los biberones mágicos. Nos lo dicen de adolescentes, nos lo dicen de mayores. Nos cuidamos de no estar embarazadas a destiempo pero no de no estarlo en absoluto. La brasa del cigarro alcanza mi piel, el dolor me saca del vacío. Tiro la colilla pero siento otra en mi pecho, roja y abrasadora: envidia. Quisiera que Karen nunca me hubiera confesado su inmaculado plan de vida.

Quizá
inventamos
el erotismo
para no
evidenciar
lo brutal del sexo.
Lo animal.

No hay descubrimiento más erótico que el de conocer un nuevo cuerpo. Hay decepciones, sí, pero prima el placer de lo inexplorado. De los muchos cuerpos que conocí, a pocos regresé con el ansia inicial, por no decir que a ninguno. Regresaba por curiosidad, a veces por aburrimiento. Como al de Marco, un chico de la universidad al que quise como amigo y, solo por morbo, un día cualquiera, me lo llevé a la cama. Dijo que no era virgen pero claramente se notaba su inexperiencia. Lo mejor es que tenía un pene enorme, delicioso. Al descubrirlo pensé que había valido la pena tanto preámbulo lento y pegajoso. Besitos casi inocentes que me hacían rodar los ojos. Él parecía no encenderse y se acurrucaba en mis senos, los acariciaba con reverencia. Lo obligué a acelerar, lo único que quería era que me penetrara. Lo hizo y persistió en su lentitud, se obstinaba en los detalles, en las caricias lentas, en la sinuosidad. Lo peor, aunque me dio ternura, fue cuando se vino y enseguida preguntó si me había venido. Le dije que sí y casi de inmediato salí de su casa. Lo traté mal con dolo, es verdad, le exigía la distancia que a mí me conviniera. Seguí teniendo sexo con él de vez en cuando, cuando me aburría o cuando quería estar con él —aunque más justo sería decir cuando quería volver a sentir su enorme pene—. No es algo que se encuentra con facilidad. Los hay normales, promedio, pero como el de él, ninguno. Claro que hay pequeños, aunque, por fortuna, los de pito pequeño que descubrí compensaban aquel defecto tomándome con una fuerza que rayaba en la violencia, otra de mis debilidades. Con el tiempo me dio la impresión de que Marco aprendía posiciones y actos viendo porno. Se lo pregunté, pero lo negó ruborizado. Yo sabía que sí. Alguna vez se puso de rodillas y subió mis piernas en sus hombros, luego tomó mi pie y me mordió el dedo gordo. Cosas de porno. Lo disfruté complacida. Lo dejé de ver casi sin proponérmelo, comencé a salir con otros compañeros y amigos del trabajo. A veces llamaba y yo lo ignoraba con sorna. Muchos años después lo encontré en una fiesta. De nuevo, por morbo, me lo llevé a la cama. Los años le habían sentado bien. Su cuerpo había madurado y, además, estaba ejercitado; se había dejado crecer un poco el cabello y, lo mejor, se olvidó de las reverencias, de los besos románticos y las caricias eternas. Yo estaba feliz, engolosinada con aquel cambio. Se fue tan pronto terminamos, pero yo me quedé ávida de él. Lo busqué al día siguiente, sentía una punzada cuando recordaba el sexo de la noche anterior. Él fue evasivo ante todas las invitaciones que le hice durante varios días, hasta que no le quedó de otra más que decir la verdad. Se disculpó, dijo que para él solo había sido de una noche, que estaba por comprometerse con su novia. Fingí indignación, pero él había aprendido no solo más técnicas sexuales, también patanería. Seguramente de la mía, de víctima a victimario. Le colgué enojada. Hallé consuelo en una victoria nimia: se va a comprometer pero quiso estar conmigo. La pobre novia. Aquel triunfo se pudrió en mi boca. Quizá solo quería comprobarme —más bien, comprobarse— que ya no era aquel muchacho de la universidad que se dejaba mangonear. Se convirtió en una obsesión, lo acosaba con proposiciones. Veía sus fotos de boda, luna de miel, viajes. Me comparaba con la novia que me había quitado lo que no quería. Me sabía mal descubrir que había pasado horas viendo sus fotos, los mensajes que se dejaban en Facebook. En el pecho sentía un ansia loca por romper aquel idilio y, en mi vientre, un pinchazo de lujuria. Quería estar con Marco. Se lo dije varias veces, muchas veces, le prometía que no me metería con su matrimonio, que solo quería estar con él una vez más. Insistí hasta que me bloqueó de todas partes. Su último mensaje: «Déjame en paz. Si yo pude superarte, tú también puedes». Me lo merecía. Aunque filosa, con esa respuesta me di cuenta de mi podredumbre. No esperaba que con ella se hiciera una sangría en alguna parte de mi alma; salió pus, sangre, mucho llanto. Lloraba no por Marco, sino porque me descubrí como una mendicante mezquina. Soy la principal víctima de mi incapacidad de amar.

La hendidura del placer es la misma que la del dolor.

Tiendo las camas de las gemelas. Al terminar coloco la almohada en forma de nube sonriente de Ame. La miro de pronto, con su risa boba y la ira me explota. Comienzo a darle de puñetazos. No deja de sonreír mientras le pego; ni después, cuando lloro sobre ella. J. me escribió que no podía verme hoy. Nunca había pasado. ¿Por qué?, le respondí como si me debiera una explicación. No puedo, fue todo. Dos palabras que sentí como un manotazo en los labios. Quise responderle, pero ¿qué? La imposibilidad de reclamo me enfureció. Le grité al teléfono como no me atrevería a gritarle a J. Con el desdén clavado en mi pecho me puse a limpiar la casa. Siento ¿celos?, ¿estos son celos? Solo reconozco el sabor del capricho. Me da igual lo que haga J., aunque no quiero que me reemplace. Menos ahora. Desde que comenzamos a vernos jamás hemos hablado de nosotros porque no existe tal cosa. Hasta para tener un amante me doy el lujo de la desesperanza. Hay demasiadas historias de amantes que sufren durante los días de separación, en las que se cuentan sus desdichas y se acompañan, en las que hay esa sensación de travesura y pudor; pero no esto. No esto que construí con J. En mi afán por no complicar su situación —como si yo no tuviera la mía— me puse en el margen, sin decir nada, sin preguntar nada, aguardando el momento de poder hablar. Con la misma actitud que esperaba a que mi madre diera vuelta a la página de su importante libro para poder hablarle. Yo, como marginalia, siempre; buscando atención, la de ambos. Solo que el silencio de J. me era conveniente, su desapego me evitaba problemas que, en el fondo, me habría gustado tener. Deseaba que hablara a deshoras y yo saliera a otra habitación pidiéndole cordura. Me habría gustado proteger mi matrimonio, librarlo de la pasión que se colaba por la insidia de J., como si llegara a mi puerta con su ariete para derribar todo y raptarme. Solo he conseguido una pusilánime historia de amantes. Siento que se desvanece la aventura y regreso a mi tierra. «Lo que atrapamos lo tiramos, lo que no podemos atrapar nos lo llevamos».

Erik escribe, dice que llegará más tarde. Ya lo sabía. Ayer vi sus mensajes con Ana. Él le decía: «Por fin es viernes, un día más para verte». Ella le respondió: «Sí, mi vida». Me reí con ironía de aquella respuesta tan cursi y estúpida. Reina, a Erik le molestan esas frases, pensé. Pero más tarde me lastimaron esas palabrejas, me despertaron. Observé a Erik. ¿Le molestan esas frases? Por primera vez sentí miedo de perderlo de verdad.

En poco tiempo he repasado el amplio espectro del llanto. Lloro hasta quedarme dormida.

A veces
no se puede
tragar la vida.
Ni el amor.

Según la doctora, el problema de Vale proviene de su inmadurez al nacer. Le recetó algunos ejercicios para la lengua y otros para los labios que debe ejecutar con un lápiz. A mí me pidió llevar un registro del comportamiento de la niña al comer. Cita en un mes. Vi a Inés poco después de la cita y, con su halo de superchería que siempre ha tenido, dijo que los problemas de comer, en cualquier niño, tienen que ver con la relación con su madre. El niño llora porque la madre no puede. Yo le espeté que Vale no llora, sino que no traga bien. Ella reviró que era un decir, que se refería a que yo no tragaba la idea de ser madre y por tanto Vale no aceptaba la vida, o sea el alimento. No le dije más, sus estúpidas explicaciones me agotaron. Ya no me interesa explicarle el porqué de mis acciones; antes me esforzaba para que las entendiera, incluso que las validara. Siempre odié su franqueza a la que yo tildaba de ruin. En realidad lo que siempre me ha molestado de Inés es que no se deja engañar. Nunca lo ha hecho. Sabe lo que hago y por qué. No se traga mis engaños. La odio por eso y al mismo tiempo me fascina su claridad lastimosa. No sé querer sino a empujones.

Veo a Erik hacer los ejercicios con Vale. Hace caras exageradas con el lápiz entre su labio superior y la nariz. Vale se ríe y luego se concentra en hacer los ejercicios mientras Erik va contando, cada vez más festivo, cada una de las repeticiones. Le aplaude al final, la abraza. Ame también quiere hacer los ejercicios y yo le digo que no es necesario. Ella hace una mueca de tristeza, no quiere quedarse fuera de los aplausos y las recompensas de papá. Ame insiste y yo también. Erik dice que todos haremos los ejercicios porque el ejercicio es bueno para todos. Ella, ambas, lo abrazan. Me siento derrotada, la aguafiestas que nadie escucha. Me voy a la cocina luego de rechazar el lápiz que me extiende Erik. A él le da igual y a las gemelas también. Su camaradería me lastima. Los veo por la ventana redonda de la cocina. Envidio a las gemelas y a toda aquella niña que disfruta de su padre, siempre ha sido así. Dicen que no se puede extrañar lo que nunca se ha tenido, yo digo que eso es una estupidez.

Se puede amar
con pasión pero
no por pasión.
O eso creía.

No sé cómo es posible, o tal vez sí, que ya sea costumbre revisar el teléfono de Erik cada noche. El morbo se ha ido diluyendo y me he familiarizado con esta carga, tanto que ya casi ni siento su peso. Quizá solo es fatiga. Quizá solo es miedo. Ante la estela de fracasos de mi vida antes de Erik, lo que tengo ahora me sabe a victoria, incluso con el fantasma de Ana rondando nuestra esfera. Su aparición me hizo volver a Erik; a desearlo más, a buscarlo más; al principio con frenesí y más tarde con un enamoramiento puntiagudo de celos que hundo en mi pecho con placer. Ver a Erik inalcanzable dejó de dolerme y más bien me dio ímpetu para ir a buscarlo, para atraerlo con todo lo que sé que Erik aprecia. Lo escucho con más atención, he desempolvado bromas de antes, bromas nuestras que nos hacían reír. He vuelto a cocinar cenas especiales y, como en las películas, terminamos bailando en la sala, abrazados, acariciándonos. Luego subimos a nuestra habitación y tenemos sexo con ese sabor agridulce de las reconciliaciones. Sé que le sabe a lo mismo, lo sé; lo veo en sus ojos, lo siento en sus caricias pausadas, esas que habíamos archivado un buen rato a fuerza de cotidianidad. Sé que lo disfruta, aunque también se extraña a ratos, tal vez se pregunta o se imagina por qué el cambio; se sentirá culpable o acudirá a su superstición de que «todo pasa por algo». Estoy segura de dos cosas: no quiero perderlo y quiero que deje a Ana. También estoy segura de que no quiero dejar de ver a J. No quiero saber por qué, solo es así.

Vuelvo al celular de Erik. Cambió su contraseña. Vuelve el temblor en las manos. Vuelvo a sentir que se retuerce la serpiente en mi estómago. Creí que ya no existía; la cotidianidad mitiga todo, el amor, la pasión, incluso el dolor. Pero ahí está, enroscándose en ella misma. Vuelvo a intentar, se bloquea el celular y me da miedo que eso quede como evidencia de que estuve husmeando. Me acuesto y espero durante mucho tiempo. Escucho la respiración de Erik. Ya parece que solo estoy atenta a su respiración. Estoy cansada, parece que desde siempre.

Suena la alarma de Erik. Él se incorpora, la apaga. El corazón me late con fuerza y trato de no alterar la rutina, por eso hago como que sigo dormida. Escucho los latidos de mi corazón en la almohada, los siento tan fuertes que pienso que Erik se dará cuenta de ellos. Por fin se levanta, va al baño. Abro los ojos y veo que su celular no está en el buró. Un escalofrío sube desde mis pies hasta la cabeza. Lo escucho abrir la llave de la regadera. También me parece que vivo al pendiente de escuchar sus rutinas. No puedo esperar más y voy al baño. Desde la regadera me saluda, pregunta si estoy bien. Sí, le digo, solo vine al baño. De pasada veo su celular, pulso el botón y todo se ve en orden. Respiro aliviada. Regreso a la cama pero vuelve la angustia. La mente crea un montón de ideas: que se dará cuenta de que se bloqueó su celular, que tendré que decirle que sí intenté revisarlo porque no hay otra explicación, que la comprobación de que todo estaba en orden fue un error. No estoy lista, no puedo. Siempre creí que si alguien me engañaba —aunque nunca pensé que sería Erik— le echaría de mi vida sin más, pero no contaba con que se necesita mucha valentía para enfrentar la vergüenza del engaño. Cuesta aceptarlo porque hay una derrota propia en la infidelidad del otro. Ahora lo sé. Erik continúa su rutina como si nada. Estoy a salvo. ¿Lo estoy?

El pasado
es destino.

Espero a Erik. Nunca se había tardado tanto. No quiero escribirle pero lo hago fingiendo normalidad. Voy de regreso, contesta. ¿De regreso a dónde? ¿Desde dónde, desde quién? Más que tristeza siento morbo, quiero ver qué hará cuando llegue, qué dirá. ¿Se bañará arguyendo que hace calor, se habrá bañado con Ana? ¿En dónde se verán, en casa de ella, en un motel? Las ideas se sobreponen. Ese laberinto incoherente me lleva a Mario. Mario, el novio más novio que haya tenido, aquel con el que subí las escaleras de un motel por primera vez. ¿Por qué las mejores ilusiones no se concretarán? ¿Por qué el amor verdadero no bastará? Lo más parecido al amor fue el que sentí por él. Pero parece que el amor verdadero siempre aparece a destiempo, y solo puede encontrarse en la inocencia total o en la derrota absoluta de la vida. Con Mario exploré mi virginidad; porque esta no se pierde sino que se recorre. Ambos éramos vírgenes, no solo de nuestros cuerpos sino en la sexualidad. Nos exploramos, nos olfateamos, nos recorrimos con la punta de los dedos, con la punta de la lengua, con la punta de nuestra mirada. La ternura y la lujuria se diluían y nosotros vivíamos sumergidos en esa ambrosía, macerando nuestros cuerpos en nosotros mismos. Me entregué a Mario como si fuera mi salvador —en gran medida porque lo era: me salvó de mi madre, de sus gritos, de su abandono; me salvó de mí pero al final no le dejé más remedio y también se salvó de mí—. A pesar de su mano amorosa, de nuestra relación profunda y cómplice, yo sentía unas ganas irrefrenables de explorar el mundo, es decir, a otros hombres. Lo hice a los dos años de ser su novia. Primero con cautela, con culpa, luego de forma descarada, caminando por la cuerda floja sin red. Para justificarme le propuse abrir la relación. Al principio dudó pero finalmente aceptó. Al poco tiempo comenzó a salir con una chica. Estábamos en la universidad, ese universo que parece ser la cumbre de todo y solo es un sótano frío. Un día encontré en un libro una foto de ellos dos, Mario estaba sonriendo, abrazándola, atrás tenía pintado un beso y decía: «La noche más inolvidable de mi vida, Ileana». Dejé la foto, con asco, en la cama de Mario; estábamos en su casa. Me salí sin decir nada. Caminé un par de cuadras y Mario llegó corriendo tras de mí. Se disculpó suplicante. Yo estaba fuera de mí, lo aventé con fuerza, lo abofeteé. Con la mano ardiendo me arrepentí pero no se lo dije. Me alejé de ahí asustada y con un miedo terrible de perderlo. Un miedo muy parecido al que siento ahora mismo que espero a Erik. Mario no me buscó en varios días y yo estaba congelada, atónita de mi propia vileza y de mi descaro. Estaba arrepentida de haber abierto la relación pero no de engañar a Mario una y otra vez. Por fortuna llamó luego de unos días. A pesar del alivio que sentí al escuchar su voz, lo traté mal, le dije que se muriera. Aterrada vi cómo le colgaba. Siempre hago daño como si yo solo fuera testigo de mi estupidez. La autodestrucción no se percibe mientras opera, sino en los escombros de sus consecuencias. Esa misma noche me largué de fiesta y regresé borracha de la mano de un tipo que acababa de conocer. Cuando llegué a mi departamento Mario estaba ahí. Me vio en aquel estado con el tipo ese y solo dijo Ya veo. Fue todo. Lo que siguió de ahí fue un remolino de momentos atroces, sexo urgente de reconciliación, reclamos, llamadas, gritos, insultos —míos—. Yo me dediqué a acostarme con todo aquel que me gustara. Llegaba a una fiesta, a cualquier lugar, echaba una mirada rápida y me decía: ese. Escogía a los hombres por puro capricho, ninguno se resistió. Me acosté con muchos de mis compañeros de la escuela, con Marco. El camino a los hombres es pan comido. Un día Mario fue a mi trabajo. Cuando lo vi entrar sentí ganas de abrazarlo, de volver a ser la persona que era con él antes de todo, cuando éramos todo nuestro mundo, pero él ya estaba lejos. Su mirada era otra. Me trató con cariño, casi disculpándose, quizá porque así era. Vengo a despedirme, dijo, voy a hacer el viaje al sur. Yo sabía cuál viaje, lo habíamos planeado desde la prepa. Recorrer el sur del país, todas las ruinas arqueológicas, playas y ciudades importantes hasta Guatemala. Nos tomaría seis meses. Le tomaría seis meses. No volvió sino un año después. Lo supe por otros amigos. Él no volvió a buscarme. Yo jamás lo hice, el camino hacia él no era pan comido.

Erik llega. Noto que hace un gran esfuerzo por no hacer nada fuera de lo que siempre hace. Reconozco el engaño, me duele pero también me divierte. Lo miro con cautela, le sonrío casi irónica cuando dice que tiene «muchísimo calor» y se mete a bañar. Cuando voy al baño está cerrado con seguro, me derrumbo por un momento. Toco a la puerta y me contesta un poco asustado. Perdón, le cerré sin querer, dice desde la regadera. Te has equivocado, Erik, pienso y vuelvo a reírme ya no de él sino de la situación tan patética. Cuando sale estoy dispuesta al ataque; no a que me diga la verdad sino a que me haga el amor. Veo que duda pero no puede negarse, es lo que hacemos los sábados por las noches, sobre todo si en toda la semana no nos hemos tocado. Dice que está cansado pero le digo que yo haré todo, eso significa que yo lo montaré. Primero lo chupo y su cuerpo, que es cuerpo, reacciona. Se recuesta con derrota, la veo desde donde estoy. Ignoro su resignación y lo monto con ímpetu. El cuerpo es cuerpo y de pronto él también reacciona, me da nalgadas, me jalonea el cabello, me aprieta las piernas. Jadea más fuerte de lo que nos permitimos, yo también lo hago. El sexo también es dolor y a veces se confunden. El sablazo de los celos me lacera, sé que acaba de verse con Ana. Se lo digo, las palabras se escapan de mi boca. Él está a punto de eyacular cuando escucha: Sé que vienes de ver a Ana. El cuerpo es cuerpo y eyacula prescindiendo de Erik que está preso en sí mismo y en mis piernas. Miro enloquecida de placer los espasmos de su cuerpo apretar su rostro, mientras él mismo lucha por emerger del ahogo de su orgasmo. Por fin se asoma. Efectivamente tiene expresión de ahogo. Intenta quitarme de encima pero yo me rehúso aunque su pene flácido está apenas dentro de mí. Me río, o la risa se apodera de mí. ¿Desde cuándo lo sabes? Sigo riéndome mientras Erik me sacude y repite con furia su pregunta, pero en su voz solo hay temor. ¿Desde cuándo lo sabes? Entonces, entonces la risa se convierte en llanto; sus fronteras son mínimas. El llanto se convierte en grito, berrido, en llamada de auxilio. Algo dentro de mí se activa, me lleva hacia adentro, a mi vacío. La vida sucede allá afuera. Allá, Erik está abrazándome, en la posición de siempre. Pide varias veces, muchas veces, perdón. El resto de lo que dirá ya lo conocemos.

A veces
el dolor
es anestesia.

Cuando tenía diez años me quitaron las anginas. Al despertar de la anestesia vi que mi madre dormía recostada sobre su brazo, tenía su mano sobre la mía. Al descubrir que la observaba dijo ¿Cómo estás, mi niña? Frase impensable, incluso sonó plástica. De todas formas aquel tono jamás volvió a usarlo conmigo. Intenté hablar y un dolor espinoso paralizó mi garganta. ¡Cómo se te ocurre hablar!, gritó. Mi madre había vuelto, la misma de siempre. En adelante sus cuidados los vivió como penitencia. Maldecía, aventaba cosas, me tildaba de quejumbrosa aunque yo no podía decir ni media palabra. El doctor indicó que tenía que hablar para ejercitar las cuerdas. Yo hubiera querido perder el habla para siempre. Mi madre llevó un altero de libros a mi habitación. Dijo que tenía que leer en voz alta porque ella no tenía tiempo de platicar. Ese doctor es un estúpido, dijo antes de azotar la puerta de la habitación y lanzar una retahíla de quejas por el pasillo. Leí en silencio, preferí callar el mayor tiempo posible. Desde entonces leo todo lo que puedo. Comprendí por qué mi madre odiaba que interrumpieran sus lecturas. Dejé de odiar los libros. El odio hacia mi madre quedó intacto.

Odio la mirada de perro arrepentido de Erick. Parece que con su mirada pudiera hacerme daño.

Es la culpa instalada en su cuerpo. No quiero convertirme en mi padre, repitió mil veces luego de confesarle que sé lo de Ana. No quiero que las niñas sufran lo que yo sufrí, no quiero que tú pases las noches llorando como mi mamá. Nos desvelamos abrazados. Cuando desperté no estaba en la casa pero ya regresa de la calle con *ofrendas*: comida hecha, botellas de vino, libros, flores. ¿Quieres hablar?, pregunta. Le digo que sí porque quien necesita hablar es él. Si pudiera me callaría para siempre. No quiero que pienses que soy como todos, engañarte no está en mi naturaleza, no me identifico con los tipos que le ponen el cuerno a sus esposas. Sus frases me saben a cartón. Se alarma de mi silencio. ¿Quieres que te deje tranquila? Le digo que sí porque me doy cuenta de que no puedo pronunciar ninguna palabra. Se va no sin antes darme un beso patético en la frente. En soledad recapitulo lo sucedido desde ayer: después del llanto, de los gritos de dolor de ayer, dejé de sentir miedo. Hoy solo siento odio. Esto es odio.

El engaño es más dulce que la verdad.

Acepto las caricias de J. como si tuviera sed. Una sed no solo urgente sino añeja. Busco en sus labios las palabras que no he podido decir, hurgo su lengua con la mía, hundo los dedos en su cabello largo, en su barba. Te extrañé, dice mientras apoya su frente en la mía y busca mi mirada. Sonríe con descaro. Su sinceridad me hace bien porque es esto lo que extraño y no más. Paradójicamente, aquí no hay engaño. Saboreo sus palabras, me embadurno en ellas. Baja sus manos hasta mis nalgas, las acaricia. Sus manos van a mis caderas, a mis piernas y me carga. Trepada en su torso lo beso, pruebo el sabor de la añoranza que yo también siento. Ya estoy acostumbrada a su cuerpo y hoy lo necesito más que nunca. Nos entregamos, sedientos. Él bebe de mis senos, de mi vulva, navega mis piernas. La danza de este sexo ya no es descubrimiento sino placer puro. En este eterno presente solo soy cuerpo y solo deseo el cuerpo de J. El cuerpo es cuerpo y solo somos eso. No hay necesidad de hablar, no hay necesidad de explicar nada, no hay nada que arreglar. Solo somos cuerpo.

J. me despierta con unos golpecitos en la mejilla. Se te hace tarde, dice. Lo miro con sorpresa, está bañado y cambiado. ¿Cuánto tiempo ha pasado?, le digo asustada. No mucho, no quería despertarte pero tampoco quiero que se te haga tarde para ir por las gemelas. Miro la hora, dormí casi cuarenta y cinco minutos. Siento pena y me da pena mi pena. Le sonrío. Mi esposo me engaña con una mujer, le digo sin más. Él pone los ojos como platos. ¿Cómo estás? Estas palabras ablandan algo en mi pecho que estaba tenso sin que lo advirtiera. Las lágrimas salen solas, sin ningún esfuerzo. Pensé que me dirías que lo merezco, le digo. Nadie merece saberse engañado, dice J. mientras seca mis lágrimas. Antes de irme le doy un beso de despedida en los labios. Nunca lo había hecho. Él me corresponde cariñoso pero no sin sorpresa. Salgo a toda prisa.

III.

Los espejos no mienten. Lo que miente es la mirada.

Mi madre me enseña la foto que acaba de tomar. Dice que las niñas son igualitas a mí. Miro la foto y estoy repetida en ellas. No me gusta que se parezcan a mí, temo que se parezcan también por dentro. Mi madre le enseña la foto a Erik quien también sonríe, asiente. Serán guapísimas de grandes, como su mamá, agrega y hace un guiño de complicidad. Qué náuseas. Me he arrepentido tanto de decirle lo de Ana, que ya prefiero el dolor de antes. Su actitud es tan mansa y servil que alimenta un desprecio feroz que le manifiesto cada que puedo. Quisiera volver a sentir el vértigo de perderlo, o mucho mejor sería si pudiera volver al momento en que conocí a J. Hay épocas en las que todo se conjunta, y esa, que parece lejana pero apenas pasó hace unos meses, fue bastante buena, o así lo parece. Me sentía completa con marido guapo, casa, hijas peculiares, maestría, rutinas intelectualoides. J. vino a poner la nota exótica a mi vida. ¿Fue así o es que en este presente lo leo de esa manera? ¿No estaremos siempre inventándonos vidas que no hemos vivido?

Mi madre siempre termina siendo el centro de atención. Vino al cumpleaños de las gemelas y ahora está tocando la guitarra y cantando. Mi suegra hace las caras de desdén de siempre y se mantiene alejada de la cantante vernácula. Está con mis cuñadas. Ellas vinieron con sus maridos y sus hijos. De toda la familia de Erik solo tolero a Fernanda, la menor, aunque a veces me cansan sus caprichos que todos corren a cumplirle, incluso Erik. No tiene hijos y ha dicho, para desgracia de la suegra, que nunca los tendrá. Hubiera querido cancelar esta ridícula fiesta rosa llena de unicornios. No tenía ganas de venir a posar como esposita y madre frente a toda esta gente que aborrezco. Todas las mamis del colegio vienen con sus mejores atuendos y sus familias limpísimas, recién bañadas y peinadas. Todas traen regalos dobles de Liverpool y El Palacio de Hierro, la que no, los trae envueltos en cajas hermosas y grandes moños que seguramente costaron más que las bagatelas que traen dentro. Lo sé porque así fue en los cumpleaños pasados. Lo único importante de llegar a la fiesta es posar para las fotos con los regalos, lo que traen dentro no les importa. Las gemelas no les importan. Erik sabe que odio organizar la piñata y se encarga de pasar a los niños, darles vueltas y, a los más grandes, vendarles los ojos. Por fortuna mi madre encuentra la oportunidad para seguir siendo el centro de la atención y después de romper la piñata llama a los niños, les pide que se pongan alrededor de la mesa, prende las velitas, canta las mañanitas. Con orgullo les pide a las gemelas —que no me extrañan ni por un segundo— que pidan un deseo y soplen las velas. Parte el pastel y me ordena tronando los dedos, aunque con cara festiva, que reparta las porciones que va sirviendo. Obedezco sin ganas y una mami hasta me pregunta si estoy cansada. Luciré terrible. Cuando termino de dar pasteles voy al baño. El espejo está sucio y empañado de diversas sustancias. Esta gente solo es limpia para las fotos. El reflejo me devuelve una imagen patética. Sonrío derrotada. «Rota por dentro y guapa por fuera», así me bautizó Inés desde que nos conocimos. Ahora ni eso. Ojalá estuviera aquí, me habría divertido con ella como en la fiesta del año pasado en la que nos la pasamos criticando a las mamis. Tenía algo mejor que hacer: fue de viaje a Los Cabos con su nuevo novio. A veces una extraña solo una cosa de las personas, y ni eso pueden darnos.

Dicen que el perdón libera y reconcilia. A veces eso no basta.

Ana es su clienta. La conoció hace unos meses. Cada detalle que da Erik es una puñalada. A veces solo quiero que se calle. Que se haga cargo de sus mentiras, de su lujuria, de sus deseos. Siempre sospeché que Erik no era tan impecable como se proclama y todos creen, aunque nunca imaginé que fuera capaz de ser infiel. Desde que lo conocí esperaba que se comportara como todos los hombres que había conocido, y cada vez hizo otras cosas, por no decir lo contrario. Pensaba que de vez en cuando le gustaría alguna chica, que incluso coqueteaba con alguna, pero no más. Desde que le dije que sé lo de Ana lo desprecio, sobre todo por sus exageradas compensaciones. Pensé en decirle lo de J., un tanto por venganza y otro tanto para que cambie su mirada de perro. También divagué pensando en que tal vez podríamos abrir la relación. Sumarnos a esas parejas que se permiten acostarse con otros, incluso que hacen citas dobles y se intercambian. No estoy segura de que J. aceptaría, no por principios morales sino por los tiempos. Él no mentiría para salir, ama demasiado a su hija para comprometer su relación con la esposa. Qué tontería, de cualquier forma no soportaría ver a Erik con otra. De tan solo pensarlo quiero caerle a puñetazos. Lo que más me lastima es que conozco a Erik, y es que, para bien o para mal, es un romántico. Siempre presumió y presume que jamás se ha acostado con alguien solo por el sexo, que cada vez lo ha hecho por amor. Esta idea me taladraba cuando lo veía salir y lo imaginaba con Ana. Por eso fue lo primero que quiso explicar. Solo es sexo, repitió una y otra vez. Pero tú no haces eso, le repliqué. Esta vez sí, te lo juro. Así varias veces, muchas veces. En el fondo sé que está mintiendo. Sé que Ana lo movió en algún punto que él mismo desconocía. Lo sé. Se necesita ser muy sinvergüenza para hacer del sexo solo sexo. Erik no lo es.

Quiero a Erik como era antes, como aquella vez en la playa en la que me dijo que le gustaba muchísimo e hicimos el amor con suavidad. Quiero sentirme guapa, única, adorada por dos hombres, sin el conflicto, sin el dolor. Quiero que Ana no exista más, que ella y su nombre palíndromo desaparezcan para siempre. Quiero que no quede huella de ella en Erik, que la olvide. Quiero mi vida intacta, como antes. Esta vida que tanto me ha costado tanto tener. Al menos quiero perdonar a Erik.

¿Qué te hizo desearla, Erik? ¿Acaso no hice todo lo que necesitabas? Hasta me enamoré de ti. Cumplí con cada cosa que me pediste sin queja, incluso lo disfruté: ser tu novia, ser tu prometida, casarme por la iglesia, tener hijas. Construí una vida a tu lado tal y como deseabas. Tu madre y tus hermanas me miraban recelosas y yo me aferraba a ti que no me soltabas. ¿Qué te hizo desearla, Erik? Si yo me enfoqué en ti, el hombre único que jamás se acostaría con sus clientas o colegas. Lo decías una y otra vez y yo me vanagloriaba de eso porque de alguna forma me redimía. Colocaba a mi pasado en un lugar inocuo y no en el peligro que yo advertía al tener sexo con cualquiera que se me antojara. La historia contigo me ponía a salvo de las consecuencias de destruir a tantas parejas, a tantos seres; de haberlos reventado con mis caprichos y esta maldad enraizada en el alma que facilitaba el acto de abrirle mis piernas a hombres violentos, estúpidos y hasta aberrantes. Estar contigo le daba sentido a esa época en la que me sentí perdida, buscando en otros cuerpos el sentido del mío. ¿Cómo es que cediste a tus deseos, Erik? Si siempre te has jactado de ser otra cosa. ¿Es que no lo eres? ¿Eres igual a todos, Erik? ¿Le hablas a Ana de mí, de tus razones para verla, para tocarla, para poseerla? ¿Se burlan de mí y de mi papel de esposa redimida? ¿Le dijiste que nuestro sexo ya no te complace? ¿Nuestro sexo ya no te complace? ¿Te quejas de que a veces no quiero tener sexo y tienes que jalártela viendo porno? Porque sé que lo haces pero no te digo nada, te veo entre las sombras de nuestra habitación, lo haces en silencio acariciándote el sexo mientras los cuerpos de otras personas se contorsionan en la pantalla del celular. No me molesta, a veces hasta me excita. ¿Se lo dices a ella, Erik? ¿Exageras tu soledad, tus quejas, tu deseo insatisfecho? ¿Estás insatisfecho? ¿Cómo te deslumbró ella, Erik? ¿Te gustó desde que la viste o fue ganándose tu atención? ¿Quién le coqueteó primero a quién, Erik? ¿Cómo fue que te atreviste a besarla? ¿Te gusta tanto su olor como el mío? ¿También hundes tu nariz en sus axilas y le dices que anhelabas oler esa fragancia que te enloquece? ¿Te diviertes con ella, Erik? ¿Es eso? ¿Es que te has cansado de mi ruina, de mi humor roto, de mis quejas, de mis exigencias? Ante tu amor solo pude ser sumisa, me dejé arrastrar por tu cariño aun sabiendo que no lo merecía. No es fácil saberse amada, sobre todo si te odias. Si no sabes en dónde colocar tu alma, en qué invertirla mientras destrozas tu cuerpo. ¿Al fin te diste cuenta de que elegiste mal, Erik? ¿Te diste cuenta, por fin, de que tardé un par de años en amarte? ¿Fue porque de alguna manera supiste que la noche en que me pediste matrimonio en La

Habana le supliqué a Dios que me diera la capacidad de amar? Quién lo diría, orar sirvió de algo, al menos para mitigar la angustia. Jamás volví a hablar con Dios, ni le agradecí que poco después llegué a quererte sin cortapisas, es más, incluso pude ser feliz. ¿Qué fue, Erik, qué te llevó a sus brazos? ¿Querías que fuera otra clase de madre para tus hijas, Erik? Sabes bien que sí quiero a las gemelas, lo sabes, lo saben, lo sé. Lo que no sé es cómo expresarlo sin sentir que estoy actuando. Me siento falsa, como una actriz amateur que dice sus diálogos de forma impostada. ¿Así sueno, Erik? ¿Qué te llevó a traspasar tus límites, Erik? ¿Te embriagaste por la aventura? ¿Verdad que es divertido apasionarse de nuevo, conocer otros sonidos y otros cuerpos? ¿Verdad que es intoxicante disfrutar otro tipo de placeres? ¿Verdad que después del disfrute en otros brazos es posible volver enamorado a los brazos de siempre? ¿Así te pasa, Erik? ¿Verdad que no necesariamente el amor se vulnera al ser infiel? ¿Aún me amas, Erik?

¿Las malas personas merecen sufrir?

Ya se había tardado, todos los hombres son iguales, dice Inés. Le escribí por la noche y ya está aquí «dándome ánimos». Llegó en medio de ese torbellino que siempre la rodea o la contiene. Cuéntamelo todo, dijo, y le conté resignada lo sucedido. Ya me había arrepentido de haberle escrito cuando llegó. Ayer le escribí en un momento de locura, de desolación. Ya era muy tarde y Erik no regresaba ni contestaba mis mensajes. Fue cuando le escribí a Inés: Erik me está engañando. Mañana voy, contestó. Inés me cansa con su protagonismo, se puso a contar de un novio italiano que le puso el cuerno hace no sé cuántos años. La escucho, solo quiero que ya se vaya. Antes de irse da su estocada final: Total, si te deja le puedes quitar todo, todo esto, dijo mientras señalaba la casa con los brazos abiertos. Despido a Inés en la puerta. Respiro aliviada cuando veo su carro dar vuelta en la esquina. Quisiera que no hubiera venido. Decido vivir esta pena en silencio. Como siempre.

Cuando Erik llegó, ya me había acabado una botella de vino y había fumado no sé cuántos cigarros. Sabía que por la mañana el dolor de cabeza sería insoportable. Entró directo a abrazarme y a repetir, otra vez, que lo perdonara. Fui a hablar con Ana, dijo. Y a mí qué me importa, le contesté con la voz afectada por los excesos. Erik hizo una pausa, desdibujó una mueca de enojo, respiró hondo y siguió con su estúpido tono conciliador. Necesitaba despedirme de ella, merecía que se lo dijera en persona. ¡No me digas!, ¡qué considerado!, le grité. Mi aliento alcohólico chocó con su rostro. Erik pasó de largo mis gritos, revisó sus manos, tomó las mías. Otra respiración honda: Ana te manda dar las gracias. Aquello traspasó los límites. Grité, vociferé, estrellé la copa de vino en la pared, chocó con un tintineo casi melódico. Recuerdo a Erik agitando las manos, pero ya no lo escuché. Los gritos se fueron ahogando en sollozos. Es curioso, las discusiones son actos tan íntimos como lo es el sexo: danzas secretas, lamentos, golpes, gritos, quejas, aspavientos. Todo es inconfesable. Rechacé a Erik una y otra vez, hasta que por fin se rindió. Se fue a dormir al sofá —como en las películas—.

Dos veces bajé dispuesta a reñir, a exigirle que nos devolviera la vida que había roto. Desistí en ambas ocasiones. Derrotada subí las escaleras a la habitación.

El odio es veneno del alma.

A Inés no le conté que Ana me mandó dar las gracias. Ni siquiera puedo decirlo en voz alta. Vaya descaro. Hay cosas que ni las personas más viles se atreven a hacer, yo no me atrevería, por ejemplo.

Desde el patio escucho que llega Erik. Estoy regando y limpiando las plantas. Tengo días que las he abandonado. No tengo cabeza para los cuidados pero me obligo, me arrepentiré si se muere alguna. Erik se acomide y barre las hojas secas y las malas hierbas que ya he sacado de las macetas. Sé que volverá a la carga. Lo hace. Dice que no pensó que fuera a ponerme así. De inmediato siento las mejillas calientes. Lo miro con odio y trata de matizar. Lo que quiero decir es que no es una burla, Ana es una persona muy espiritual... lo interrumpo gritándole que se calle, le aviento a los pies la manguera. Él intenta esquivar el chorro. Falla y se va enfadado. Odio que las discusiones se cuelen en cada momento. Odio este odio, pero no puedo contenerlo. Me estalla por dentro.

Olvida lo que dijo Ana, no tiene importancia —dice Erik—, lo único que me importa es que me perdones. ¿Podrás hacerlo? Aquella pregunta suena demasiado grande, inabarcable.

Lo más difícil de la vida es que jamás se detiene. Lo mejor de la vida es que jamás se detiene.

Hace un mes que no veo a J. y es probable que este viernes tampoco lo vea. Ha escrito varias veces diciendo que me extraña, que lo deje hacerme compañía. Jamás pensé que fuera capaz de dejar su lado socarrón y que incluso fuera cursi. Leerlo así, anhelante, despierta unas ganas locas de ir a verlo, aunque también disfruto su «sufrimiento», como él dice. «Ya no postergues más este sufrimiento», escribe y vuelve la sonrisa boba, esa que hago para nadie, para mí, mientras cuelgo la ropa recién lavada. ¿Qué pasaría si le digo que no otro mes? ¿Insistirá; mandará más mensajes obscenos, de esos que me gusta recibir porque irrumpen mi vida? ¿Se buscará a alguien más? Eso ya no importa, solo quiero su atención, su desmesura.

Aun con lo sucedido, Erik sigue yendo a trabajar sin falta. Hace el desayuno para cuatro personas, sigue haciendo los ejercicios con las gemelas y come palomitas mientras ve la tele. Por fortuna dejó de tener aquella mirada de perro apaleado que me exasperaba. Comenzó a tratarme de forma normal y yo dejé de reñir, aunque no de llorar. Fuimos a reuniones con nuestros amigos, recibimos a Andrés y Karen el tercer jueves del mes, fuimos al cumpleaños de la suegra. La vida fuera de nosotros sigue intacta y de ahí nos agarramos. Un ancla. Dentro de nuestra habitación es otra cosa. No nos hemos tocado en todo este tiempo. Me da risa pensar que desde que comencé mi vida sexual he pasado muy poco tiempo sin coger. Siempre, siempre había alguien, y si no lo había bastaba salir a algún lugar para conseguirlo. Conozco mi poder. Lo que me sorprende es que tampoco tengo ganas. Poco después de que terminé con Mario inventé que dejaría de comer carne y sería célibe por un año. Inés se rio de mí, y con razón. A las tres semanas fui a una fiesta y escogí a un argentino cincuentón fascinante. Resultó ser un marranazo, le gustaban los juguetes sexuales y los usó todos conmigo, hizo que me sentara en su cara con mi ano en su boca. Me asqueó un tanto pero me divertí. Estaba hospedado en un hotel lujoso desde hacía una semana, se iría al día siguiente. Qué ganas de haberte conocido antes, dijo cuando ya me iba. Le pedí dinero solo para ver qué decía y me lo dio. A saber si esos juguetes estaban limpios, al menos él lo estaba. Recuerdo su piel, lo especial de su textura, quizá porque no había estado con alguien de mucha más edad que yo. Era un tipo blanco, delgado, magro, hacía bicicleta de montaña. Recuerdo las pecas en su pecho y espalda; parecían manchas de jaguar. Se lo dije y se rio, me pidió que las lamiera todas. Me gusta recordar esos detalles, aunque no siempre salí

bien librada de esas exploraciones. Qué esperaba, los hombres no son de fiar. De todas formas
el celibato jamás volvió a pasar por mi cabeza, ni
por mi cuerpo.

Vuelvo al estudio de J. En cuanto abre se abalanza sobre mí y yo hago lo mismo en su cuerpo. No había dejado que Erik me tocara, mi cuerpo se secaba. Lo evidenciaba mi clítoris excitado al bañarme, lo decían los sueños húmedos en los que aparecían J. y Erik, los dos me penetraban al mismo tiempo. Tengo sed, mucha sed. Esta vez lo hacemos dos veces. J. se ensaña, me exige sexo oral, lo hace con fuerza, se viene en mi boca. Cuando lo volvemos a hacer me da nalgadas fuertísimas. Dice que es mi castigo. Lo acepto.

No quiero hablar de eso, le respondo a J. cuando me pregunta cómo van las cosas en casa. Me abraza y sin querer comienzo a llorar. Es una putada, me dice. Es verdad, lo es.

**De todas
las artes, la única
que realmente
dominamos
es la de mentir
sobre nosotros
mismos.**

No pude negarme. Quizá porque ya estoy cansada de llorar. Ya no quiero llorar. Ya no puedo estar enojada. Erik propuso ir a la playa, adelantar el viaje que siempre hacemos en verano. Las gemelas estallaron de alegría cuando les dijimos. Erik le pidió la van a su cuñado. Para acampar por ahí si nos dan ganas, dijo. La verdad es que sí quiero salir, hacer otras cosas, respirar la brisa del mar. De camino siento que se aligera mi cuerpo, la tristeza, el enojo. Comienzo a ser la mamá que a las gemelas más les gusta: la consentidora, la que canta, la que hace chistes y da besos y abrazos. Cuando eso pasa quisiera poder ser así todo el tiempo, pero no puedo, siento que algo dentro está atrofiado. De todas formas, las pocas veces que pasa, lo disfruto tanto o más que las niñas. Erik también luce contento. Comemos a pie de carretera, viajamos sin prisa. Aguas frescas, bocadillos, paradas al baño, a fumar. Dormito a ratos, y hasta me atrevo a acariciarle el cabello a Erik. Recibe mi mano con una mueca de cariño y la aprisiona entre su hombro y su mejilla sin dejar de mirar la carretera. Qué ganas de besarlo, de decirle que olvidemos todo. En estos momentos el recuerdo de J. parece irreal, imposible, y me estorba. Qué ganas de que no existiera y poder concentrarme en esto que al menos es mío, esta pequeña parcela de vida que, mal que bien, es mía.

A lo lejos por fin vemos el horizonte del mar. Siempre es sorprendente verlo, como si cada vez fuera la primera vez. Las niñas aplauden y comienzan a planear que primero se meterán a la playa y luego a la alberca, como si ellas fueran mayores y pudieran hacer todo eso por su cuenta. Le sonrío a Erik y él tiene esa actitud que yo llamo «orgullo de padre», porque sabe que hace felices a las niñas. También hace feliz a la niña que tengo dentro. Erik es también el padre que nunca tuve.

El perdón
siempre
eclosiona
en silencio.

Despierto y veo la silueta de Erik en el balcón. El ventanal está apenas abierto pero el viento alcanza a mecer las cortinas vaporosas. Podría quedarme aquí para siempre, con esta sensación cansada y suave, con esta temperatura, con esta imagen. Todos los matrimonios tienen sus altibajos. No seré la primera ni la última mujer que se entera de que su marido la engaña y continúa con su vida. Hay cosas más importantes en el matrimonio que la fidelidad. Así, sumida en la almohada mullida me siento lo suficientemente valiente para dejar a J. y solo tener esta vida, la real. Erik se sienta en la silla acapulco del balcón, veo que está escribiendo en su celular. Un golpe en el estómago. Debe estar escribiéndole a su madre, lo hace todos los días, más si vamos de viaje porque tiene mil consejos que darnos. Miro el reloj, es pasada la medianoche. Otro golpe en el estómago. ¿Cómo harán para continuar esas mujeres engañadas? ¿Se acostumbrarán a esta incertidumbre, a estos golpes, a los silencios, a las hurtadillas? ¿Tendré que hacer la vista gorda para siempre? Erik entra y me siento en la cama. No se asusta, al contrario, dice que si tengo ganas de tomar algo. Le digo que sí y prendemos las lámparas. Las gemelas duermen desde hace varias horas en el cuarto contiguo. Erik se asoma a verlas, regresa de puntitas como si pudiera despertarlas de ese sueño profundo que da un día completo de jugar en el agua. Cierra la puerta con cautela. Sé qué significa ese acto. ¿Qué hacías allá afuera?, le pregunto con aparente cotidianidad. Escribía con Andrés, como anda en Barcelona, allá es temprano, dice que irán a la playa también. Respiro aliviada. Erik sirve un whisky. Dice que él ya lleva dos, así que se sirve un agua mineral. Espera a que le dé un trago y comienza a besarme. Lo dejo avanzar, me dejo avanzar. Ya no quiero otra vida más que esta.

¿Cómo se construye un engaño? Con un cúmulo de pequeños silencios.

Regreso de la playa con Ame en brazos. Tiene un poco de fiebre y quiero bañarla en la tina del cuarto. Debe ser el calor. Erik se quedó en la habitación para adelantar trabajo, después de todo este viaje lo hicimos casi sin planear. Cuando entramos, Erik cierra su laptop de golpe. Me mira asustado. Aunque no olvido su gesto lo ignoro por ahora. Corro a la tina de baño, abro la llave del agua mientras le explico que Ame tiene un golpe de calor. Vale está atenta, se moja las manos en el agua y las pone en la frente de su hermana. A los minutos de estar en el agua fresca Ame vuelve a tener su expresión de siempre y las dejo que hagan su «propia alberca». Me siento en la puerta del baño, las miro jugar. Erik se acerca a donde estoy con dos cervezas en la mano.

Un sonido suave me despierta. Es Erik que está cerrando la puerta del balcón. Todo sería normal si no estuviera sigiloso, si no se asomara a buscarme la cara para ver si estoy dormida. Me quedo inmóvil, entrecierro los ojos. Saca su teléfono del bolsillo, comienza a escribir. Estoy segura de que no se trata de Andrés y Karen en Barcelona. Ojalá fuera más tonta y la vida me sorprendiera más.

Al dejar
la playa
siempre
se inicia
un duelo.

Las gemelas lloran porque no quieren irse. Lloran con resignación, aunque Vale con un dejo de berrinche. Erik les dice lo de siempre, que volveremos pronto y que invitaremos a sus primos. Yo jamás cuidaría niños ajenos. Salvo mis hijas, los niños son seres que prefiero lejos. Las niñas dicen que le dirán a tía Maru que venga con Ximena e Imanol, sus primos favoritos. Erik les dice que llegando va a hablarle para ponerse de acuerdo. Ellas se entretienen con sus planes y repasan todo lo que quieren enseñarles a sus primos: el acuario, las nieves de chocolate, los toboganes del hotel, las maquinitas, el karaoke. Erik y yo nos acomodamos en los asientos delanteros y planeamos el regreso: dónde parar a comer y si acamparemos o no antes de llegar a la ciudad. Lo dejo que él decida. No se diga más, compañeras, iremos a acampar, anuncia Erik con voz exagerada. Veo por el retrovisor cómo las niñas vitorean levantando las manos con los ojos todavía húmedos de llorar.

Qué fascinantes son las fogatas. Hipnotizan. El lugar es muy lindo. A esta presa, poco antes de la ciudad, vienen las familias citadinas a darse baños de campo. Antes veníamos seguido pero como las niñas se enfermaban continuamente de las vías respiratorias, dejamos de hacerlo. Con el tiempo su sistema parece cada vez más fuerte, así que de vez en cuando venimos con ellas. El descanso en la playa nos cayó bien a todos, frente a la hoguera me siento tranquila. Cuánta locura, cuánto sinsentido. ¿Cómo se retoma una vida rota?

Luego de comer bombones asados acostamos a las niñas en la casa de campaña. Vuelvo a la fogata, lío un cigarro, lo enciendo. Erik se sienta a mi lado, me extiende una cerveza. La hoguera ilumina su rostro. Me mira fugazmente y baja la mirada. Cuando levanta el rostro sus ojos están llenos de lágrimas. Tengo que decirte algo: amo a Ana, dice con voz quebrada, comienza a llorar. Perdóname, dice entre gemidos. Lo intenté pero no puedo alejarme de ella. No quería hacerte daño, solo pasó. No debes preocuparte, me haré cargo de ustedes, no les faltará nada. Estoy paralizada, me falta el aire. Mis piernas se irguen por sí solas, dejo caer el cigarrillo, comienzo a caminar automáticamente por la orilla de la presa. No hay luna, está oscuro. Manoteo en la negrura buscando un asidero. No hay nada. El aire frío lastima mi garganta. Solo escucho mi llanto como algo ajeno, como si no fuera mío. Perdóname, repite Erik en la oscuridad. Sus pasos apresurados se escuchan cada vez más cerca de mí.

Gracias a Adrián Chávez por su Tierra de nadie y el Taller permanente, a todos los que me ayudaron a leer y escucharme. A Jorge Díaz y Antonio Reyes especialmente por su locura y cariño. A J.

Esta obra se terminó de imprimir
en el mes de marzo de 2025,
en los talleres de Impresora Tauro, S.A. de C.V.
Ciudad de México.